推定少女

桜庭一樹

CONTENTS

Prologue

［少女A］

A

そのダストシュートからは、分厚い鉄板でできた蓋《ふた》を開ける前から、発酵した生ゴミとか古雑誌の印刷インクとか湿った土とかアルコールとか、いろいろなものから立ち上る臭いをブレンドしたようなおかしな湯気が立っていた。いやだったけど、それを開けるしかなかった。

追われてたんだ。

その田舎町で唯一の繁華街――それは多分、直接見たことはなかったけど映画とかドラマで見る危険な町、歌舞伎町《かぶきちょう》をミニチュアにしたような、その田舎町で唯一の、ほんとの夜を持った街角だった。夜のその町を、サイレンを鳴らしてひっきりなしに行きすぎるパトカーの群れは、あっちからきたかと思うとこっちからも、走りすぎてはなにかを捜していた。

少女A――すなわち巣籠《すごもり》カナ十五歳を捜してるにちがいない、とぼくは焦っていた。ぼくすなわち巣籠カナは、パトカーに追われているのだ。罪状は過失致死もしくは過失致死未遂にちがいないのだった。

逃げなきゃ。

――ぼくは泣きそうだった。

ぼくは十五歳で女の子で、片手にこびりついた義父の血を、ジーンズのお尻《しり》で一生懸命こそげ落とそうとしながら走っていた。ようやくこの路地裏に迷いこんで、巨大な棺桶《かんおけ》じみたダストシュートをみつけたところだった。

それは大きな雑居ビルの裏口横で、四角い樋《とい》を伝って各階のゴミが落っこちてきて、そのダストシュートに着地する仕組みらしかった。ゴミの最終地だ。隠れ場所には最適な気がした。臭いけど。ぼくは力を込めて、なぜか閉じていた鉄板の蓋を開けた。


先客がいた。


発酵したゴミが立てる臭気と土色をした湯気。その中に、真っ白な、それこそ雪のように真っ白な裸体が横たわっていた。瞳《ひとみ》を閉じて長い髪をゴミの中に散らしたその人は、童話に出てくる眠り姫とか白雪姫とかの悪趣味な現代版みたいだった。染み一つない裸体は、修学旅行とか体育の授業前の着替えとかで見る友達の肌とは、同じ生物と思えないぐらいきめが細かく、そのくせ触らなくてもわかるぐらいつめたく冷えていた。冷気が立ち上る。ゴミがなぜか裸体のまわりだけカチンコチンに凍りついていた。雑誌も、林檎《りんご》の皮と齧《かじ》りかけの芯《しん》も、飲みかけのまま捨てられたドイツビールの瓶《びん》も。

これ……死体？

女の子の？

――彼女の長い髪は赤茶けていた。顔は、閉じた瞳からはよくわからないけれど、日本人形のような繊細でさりげない美貌《びぼう》だった。それは高度に計算された数式のように整っていた。美しすぎて怒る気にも妬《や》く気にもなれなかった。胸の隆起はほんのわずかで、腰の驚くべき細さも、胸とお尻のほんわかと頼りない脹《ふく》らみのせいでさほど目立たなかった。

先客は一つだけ荷物を持っていた。

黒くて小さな荷物を。


――銃だ。


静かに雪が積もった山麓《さんろく》のような、真っ白で平らなお腹の上に、無骨すぎる銃が黒光りしてボカーンと置かれていた。少女は銃を細い両手で握りしめていた。いまにも誰かを撃とうとしているように、両手にきつぅく力が込められていた。それは、穏やかに眠るような表情とはあまりにアンバランスだった。

――遠くからまたサイレンが近づいてきた。冬のビル風が吹いて、ぼくはコートを着た上からもブルブルッと震えた。そのとき、少女の睫毛《まつげ》がぴくりと震えた。風に揺れたのかと思ってぼくは目をこらした。風ではなかった。瞬《まばた》きの前触れ……。

生きてる。死体とかじゃない。よかった。

ぼくはコートを脱いで、とりあえず少女の上にぶわり、とかけた。

Vol.1

［雪みたいに白い］

B

ぼくこと巣籠カナは、中学三年生だった。

受験生だ。通っている中学校は公立のもので、受験なんてせずにただなんとなく入学した。だから、差しせまる高校入学がぼくにとって初めての受験になるはずだった。みんな一緒にふるいにかけられて選別されるなんて、初めての体験。ぼくは多少のプレッシャーを感じていた。これから大人になるに従って、見えるふるいや見えないふるいがたくさんあって、選ばれたり選ばれなかったり、いろいろ繰り返すうちに、社会のヒエラルキー——それはピラミッド型をしていて上に行くほど人数が減るにちがいない——の適当なところに着地するのだろう、と思って、達観したポーズを取ってみて、その実、胃が痛くなって学校の保健室のベッドで丸まって午前中いっぱいを無駄にしたりとかしていた。

仲良しの友達に耳年増《みみどしま》な女の子がいて、その子に言わせると「そうよ。受験も就職もなにもかも競争だけど、まだあるのよ。ちっちっち」ぼくの顔の前で指を振ってみせた。その子はハリウッド映画が大好きなので、仕草がときたまアメリカナイズされるのだ。

「恋愛もお洒落《しやれ》も、戦場なんだって。うちのお姉ちゃんが言ってた。きれいなほうが勝ちだよ。それに、一人の男の子を何人もで取りあって勝者は一人、とか。まさに戦場。大学のサークルってそういう感じだって」

「……聞きたくなかった！」

そんなリアルなラブコメはいやだ。競う女の子のほうだし。ぼくはきっと、恋とかしたからってそんなにがんばれない。

「あ、あとね。やっぱオッパイが大きい方が強いんだって。ええと、カナとわたしは……わたしの勝ちだね」

とりあえずその友達はグーで殴っといた。やつはキャッキャッと騒いで教室を逃げ回った。そしたら、なにやら地元の名門男子校を受験する秀才男に、

「女子はのんきだなぁ」

とイヤミを言われた。女子みんなでそいつを押さえこんで、額に油性マジックで落書きしてあげた。『荒ぶる魂！』。意味はない。悪気はあった。……そしたら職員室に呼ばれてすごく怒られた。

「人の勉強の邪魔をするな！」

――のんきにしているけど、夏が終わり、八月、九月、十月……と時間が過ぎるうちに、戦場らしき見えない硝煙の匂いは、この田舎町の古びた公立中学校にも流れこんできていた。ぼくは胃がキリキリした。ぼくよりオッパイが大きいその友達も、次第に休み時間にまで参考書を開いたりし始めた。私立の中堅を狙っているらしかった。なんとなく、ぼくもそこに行こうかなと思ったけれど、調べてみると微妙に偏差値が足りないのだった。がんばればなんとか、という微妙さで、がんばる自分を想像したら、ちょっと引いた。

あんまりがんばらずに、生きていきたいなぁ。

――家に帰って夕方のアニメ番組を見ながらつぶやいたら、母親に頭をはたかれた。母親は台所でお芋を煮ていて、食卓のテーブルに早々とついた義父は、夕刊を読みながらぼくと母親の会話を聞いていた。聞いてないような顔をしてテレビを観たり夕刊を読むふりをしつつ、義父はいつも、ぼくと母親の会話を寸分もらさず聞いていた。そしてとてもさりげなく一言はさむ。「受験、どうなってる？　カナは塾に行ってるのか？」「行かせてますよ。ねぇ、カナ？」母親がぼくに声を投げる。ぼくはいつも「……うん」ぐらいの返事でお茶を濁す。いつものパターン。ぼくはそれに気づいていた。

義父は、ほんとの父と早くに死別した母親が、五年前に唐突に再婚した人物だった。年配者どうしのお見合いらしかった。とくに特徴のない人。ただ平均より大柄で、どうもそれがこわかった。義父のほうは初婚で、突然暮らすことになった家庭的な環境と、わりとでかい娘に戸惑っているようだった。

ぼくはどうしてだか、義父が苦手だった。

言葉にすると、説得力のないただの感覚だ。でも、その人が自分をどんな目で見ているか、どんな人間なのか、そういうのは皮膚感覚でわかるし、そのくせ言葉では説明しにくいものだと思う。ぼくは義父の前にいると、やせっぽちで胸もまだあんまりなくて、教室でも男子とときには男どうしみたいに屈託なくしゃべっている自分が――なぜだか、得体の知れないいやらしいものになったように感じた。

そして、義父からはいつも、柿の匂いみたいなのがした。

腐りかけの柿からする妙な匂い。苦手な匂い。

春夏秋冬、柿の匂いのする人。それが義父だった。


どうやら、がんばらずに生きていくなんてのは無理らしいと、硝煙の立ち上る戦場じみた教室から感じ始めた頃。

唐突にぼくは、その日常からはみだしてしまった。

その夜は、母親が町内会の会合とやらに出かけて留守だった。母親はほとんど家から出ない人で、ぼくは郊外の古い一軒家であるその家の、二階の角にある自分の部屋で勉強しながら、そういえば義父と二人きりになるのはここ五年間で初めてだ、と気づいた。たまに母親が出かけるときには、義父も仕事で遅くなることが多かった。夜の七時を少し回った頃。ぼくはラジオをつけて、パーソナリティのかなりどうでもいい、意味をなくしながらノリだけが加速していくようなトークを聞きながら、世界史の参考書を広げていた。どうにも勉強に身が入らなくて、かったるくて、先週のホームルームのとき回ってきたプリントを取りだして眺めたりしていた。それはクラスと性別と出席番号と名前を書いて、四角く囲まれた場所に〈将来なりたい職業〉を書くというプリントだった。そういえば明日のホームルームまでに書いて提出しないといけないんだった。ぼくはシャーペンを片手に、なにも思いつかないしピンとこなくて、ただぼーっと白いプリントをみつめていた。

と、そこにニュースが流れた。

『今夜六時二十七分頃、××県××市谷津凪《やつなぎ》山山頂付近で白い閃光《せんこう》を見たとの目撃情報が相次ぎ、またその時間にドーンと大きな音が響いたとの情報もあり、××市消防局では確認作業を急いでいます。近辺を飛行中の航空機はなく、警察では未確認の飛行物体、もしくは隕石《いんせき》の可能性があると見て……』

「み、未確認の飛行物体って……」

ぼくは思わず声に出してつぶやいた。

××県××市というのはぼくが生まれ育ったその田舎町で、谷津凪山というのは、いわゆるぼくたちの〝学校の裏山〟だった。そこにへんなものが墜《お》ちたらしい。って、なんだよそれ……。

よくわかんないけど、ちょっとおもしろかった。と、机のかたわらに置いてある携帯電話がメールの受信を告げた。クラスの友達からだった。

『谷津凪山に　UFOが墜ちた　らしいよ。
宇宙人が一匹　逃げたって』

ぼくは吹きだした。

適当に返信してから、中学校のやつらが書き込むネット掲示板を覗《のぞ》いてみた。思ったとおり、ＵＦＯが墜ちた、青い瞳《ひとみ》をした宇宙人が走って逃げていった、ちがーう、アメリカ軍の戦闘機が墜ちたんだってば、普通に考えると隕石だろ？　などとさまざまな書き込みで溢《あふ》れかえっていた。

みんな退屈してるんだな……とぼくは思った。

それからぼくは思いついて、将来なりたいものを書かなくてはいけないプリントに、ちょっとしたジョークのつもりで〝宇宙人〟と書いてみた。……あんまりにもふざけてるのがみえみえだったので、やっぱり消しゴムで消そうとした。消しゴム、消しゴム……。

と、そのとき……。

部屋の窓のほうからおかしな気配がした。閉まっているはずの窓が……ぼくがふっと振り返るといつのまにか……開いて、いた。

カーテンが風に揺れてふわふわっと動いた。ぼくは目を見開いた。そして……。

そして……。

チカッ、チカッ……と白いへんな光がぼくを包んだ。視界がブラックアウトした。それはほんの数秒で終わった。そしてそれから……。

それから……。

そこで、とあることが起こった。

ぼくの——巣籠カナの全部をひっくり返すようなことが。

……気づいたときには、

気づいたときには、パトカーのサイレンが遠く聞こえてきた。部屋にいるのはぼく一人で、救急車のサイレンとパトカーのサイレンが微妙にハモりながら近づいてきて家の前で停まるのをぼんやり聞いていた。窓に近づいて、庭を見下ろした。

隣家の庭に義父が仰向《あおむ》けに倒れていて、それを隣家の若い夫婦が遠巻きにみつめていた。

ぼくの視線に気づいて奥さんのほうが顔を上げ、ひっ……と短い悲鳴を上げた。

なんにもしないのに……どうしてそんな目をしてぼくを見上げるんだろう？

夫のほうがぼくを睨《にら》みつけて「そこにいろよ！　そこに！」と叫んだ。

そのショックで、ぼくは我に返った。

パトカーが停まった。サイレンだけが耳をつんざくように響いている。

……逃げなきゃ、と思った。

ミリタリーっぽい濃いミドリ色のコートを着て、財布と携帯電話を握って、階段を駆け下りた。裏口から飛びだしたとき、隣家の庭に救急隊員が、うちの玄関に警官が入ってきたような物音がした。迷わず逃げた。

町内会長の家では、まだ町内会をやっているはずだった。

母親のダサいサンダルを履いていることに気づいた。走りにくかった。だけど走るしかなかった。逃げるのだ。

って、どこに？

Γ

その田舎町には、不文律というか都会にはない空気が流れていて、山とか田圃《たんぼ》とか、海に向かってひたすら流れる整備されていない大きな川とか、ささやかすぎる繁華街とか、どこをどう捜してもいないのが〝フリーター〟という人種だった。

二十歳過ぎてフラフラしてちゃいけないことになっていた。だから、ぼくのゲーセン仲間のお兄ちゃんは、親に強引に農協の職員にされてしまったのだった。この春、田舎に特有の廃墟《はいきょ》みたいなゲームセンターで再会したお兄ちゃんは、JAと書かれたかなりダサい制服を着ていた。格闘ゲームでは無敵で、ぼくの師匠で、ときどき都会で開催されるトーナメントでも勝ち進むお兄ちゃんは、かっこわるく言えば電脳戦士だった。かっこわるいことが好きなので、自分でよくそう名乗った。

しかし、戦士であるお兄ちゃんは、ダサすぎるＪＡの制服に深く傷ついているようだったので、ぼくはそれについてなにもつっこめなかった。

――そういうわけでぼくはその夜、逃げながら、お兄ちゃんにお別れを言わないと、と思いついた。もしかすると学校の友達より仲がよかったのだ。ぼくはもう、逃げるしかない、家出少女というか逃亡犯というか……と思っていたけれど、その前に寄らなきゃいけないところとして、その人のところを思いだしたのだった。

そこでぼくがお兄ちゃんの住む、町外れの田舎だからでかくて庭も鬱蒼《うっそう》としてる旧家の離れにズンズン入っていって、宇宙船墜落か、の地元ケーブルテレビのニュースを見ているお兄ちゃんに唐突に別れを告げたら、お兄ちゃんは脱ぎかけのＪＡの制服を、なんと溢れる涙で盛大にボタボタと濡《ぬ》らした。

とにかく大粒の涙だった。台風の前触れの雨粒みたいにでかくて、塩辛そうだった。

「あの、ええと……大人も泣くんだねぇ」

「ばかオレ大人じゃねぇし」

「なんで?」

「ゲームなんてやってて大人になれっかよオレは大人じゃねぇよ。これコスプレ。大人の。秘密だけど」

あっというまにびしょ濡れのＪＡの制服を指差して早口でそう言って、お兄ちゃんは幽霊みたいにゆーっくりとこちらに両手を伸ばした。それからぼくをそうっと抱きしめた。壊れ物みたいに。ぼくは自分がガラス細工でできた少女人形にでもなったように感じた。

ふいにとても悲しくなった。

クラスにいるとユニセックスな、男子とも仲いい女子、みたいな自分が、家にいたときは義父の視線で、いやーななまぐさーい存在になった自分が、とても繊細で美しいものに、一瞬だけの魔法にかけられたみたいだった。お兄ちゃんの抱きしめ方にはセクシャルな気配は微塵《みじん》もなくて、どっちかっていうと、原型師の人が大切につくった人形にそっと触れてるみたいだった。よくわかんないけども。

お兄ちゃんは、本人によると生身の女の人恐怖症で、職場でも口もきけないぐらいダメって話だった。ぼくのことだけ大丈夫なのはきっと、ぼくがあまり女っぽくなくて、髪も短めで、短パン穿《は》いてると小学校高学年ぐらいの男の子に間違えられることもあって、好きな男子とかもいなくて、女の人としてはまだぜんぜん何者でもなかったからだと思う。

みんなが変わり者扱いするお兄ちゃん。田舎ではただただ浮いてる、旧家の不肖の息子のお兄ちゃん。お兄ちゃんがこう言ったので、ぼくはたまらなくなった。

「ああ、カナとは二度と逢《あ》えないんだなぁ！」

——お兄ちゃんのそういうおバカなところが、ぼくは気に入っていた。

だって、中学生の友達が夜に訪ねてきて、かなりテンパッていて、いまから家出する二度と逢えないけどごめん、忘れないから、なんて言ったら、大人は、本気に、しない。百人が百人しないだろう。きっと明日の朝にはしょんぼり帰ってきてまた学校に行くんだろうと、普通は考える。だけどお兄ちゃんは百パーセント本気にしてぼとぼと涙をこぼして、二度と逢えない、と繰り返して泣いた。マジ泣きだった。

ああ、あなたは確かに、大人じゃない。

百人中の百一人目。

お兄ちゃん——

ぼくの話、本気で聞いてくれてありがとう。

「ちげーよ。オレはその、そーいうんじゃまったくなくてさぁ」

と、お兄ちゃんはあわてて早口で語りだした。誉《ほ》められるとあわてる。いつも。それでお父さんによけい嫌われる。……ぼくはこの人のことをよく知っていた。

「いい人とか優しいやつとか思われたいけど、いざ思われると猛烈に困るっつーか。オレただカナに好かれたいの。人に優しくしたいんだけど加減がわかんねぇし、ほんとのことと言ってみただけのことの区別もつかんし。それに、だから…………そんな澄んだ瞳《ひとみ》で見上げんでくれる？ そういう目には逆らえんし。ほんとは、ほんとはオレ……ほんとはそんないいやつってわけじゃ。ほんとは…………。ごめん、なんでもねぇ。忘れて忘れて。三次元の中学生に聞かせる話じゃねぇし。……だよな？」

お兄ちゃんは、なにか言いかけて、結局やめた。いつものことだけどなんだかさっぱりわからなかった。自分について語る言葉を持たない奇天烈《きてれつ》なお兄ちゃんの内面は仲のいいぼくもさっぱりわからなかったけれど、とにかく激しく悲しいのだけは察することができた。お兄ちゃんはその後はただ、優しくねぇって、と繰り返して涙を拭《ふ》いた。カナに逢えねぇ、もう逢えねぇ、もう逢えねぇー？ と繰り返しながら、部屋の中を狂ったように高速でぐるぐる回った。目が回ったらしくてとつぜん止まるとしゃがみこんでしまった。

それから、部屋の真ん中に置いてある21インチのテレビの上に置いてあるゲームキューブを持ちあげた。一万円札が何枚か重ねて隠してあった。へそくりらしかった。お兄ちゃんはそれを無造作にぼくの手に押しつけると、断ろうとするぼくに、

「いや、君は三次元だから」

ダメ押しにさっぱりわからないことを言った。お兄ちゃんは四次元の人？ しかし、ぼ

くが受け取るとにっこり笑った。細い目がもっと細くなって、二本の線になった。優しいけれど、世界一無力な笑顔だった。

ぼくがうなずいて、五枚ぐらいあった一万円札を握りしめたとき、付けっぱなしだったテレビが再びあのニュースを流し始めた。

『今夜六時二十七分頃、××県××市谷津凪山山頂付近に、落雷に似た激しい閃光《せんこう》と大きな震動があったとの通報が相次ぎ、××消防局が現場に出動しました。詳しいことはまだわかっていませんが、警察の発表によると、なんらかの飛行物体の墜落らしいということです。しかし付近を飛行中の旅客機などはなく、墜落したものについてはまだわかっていません。未確認の飛行物体であるとの発表が……』

ニュースに見入るお兄ちゃんの、丸めた背中。ぼくは「……メールするね」とつぶやいて、その旧家の離れを出た。

荒れ果てた広い庭は暗くて、生あったかいへんな風が吹いていて、まるでお化け庭園みたいだった。繋《つな》がれた犬がやる気なさそうにぼくに向かって一応、吠《ほ》えた。背中を向けたままぼくを見送ったお兄ちゃんの、野獣が吠えるような泣き声が離れから聞こえてきた。それにつられたようにバカ犬も遠吠《とおぼ》えを始めた。

おぅおぅとお兄ちゃんは泣き叫んでいた。カナが、カナが行っちゃう、と切れ切れの声がした。どうしてそんなに泣いているのか、それにしてもわからなかった。お兄ちゃんとのつきあいは、ぼくが小五、向こうが高二のときからだから長いけど、ぼくたちは別にたいした話をしたわけじゃないのだ。廃墟《はいきょ》みたいなゲーセンで、中途半端にレトロな格闘ゲーム機の前でひたすら技の話をし続けただけだし。……優しい人なんだろうか。いや、ほんとはどんな人なのかなんてわからない。わかるとかは幻想だもん。

だけど、お兄ちゃんに関しては一生わからなくていい。互いに、薄ぼんやりとした好意の存在を、水に映る月みたいに、とりあえず薄ぼんやりと信じ続けてるだけでいいと思った。

Δ

そうして、ぼくは——

お兄ちゃんからもらった五万円をポケットに突っ込んで、また走り出した。

町ではパトカーがあっちにこっちに走っていて、それは巣籠カナ十五歳を捜しているものと思われた。きっと写真も出回っていて、手配されていて、ぼくはうかうかしていると捕まってしまうにちがいなかった。

あのとき、二階の窓に佇《たたず》むぼくを見上げた——怯《おび》えと怒りをにじませた隣家の奥さんの目が忘れられなかった。

最近の子はみんな殺人鬼。

ぼくはもう、家に帰って、話を聞いて下さいじつはこうなんです、などと説明する自信がなかった。逃げよう、とばかり思っていた。

そうしてぼくは、パトカーの行きすぎる町の路地裏でダストシュートを開けた。

そこで、裸の美しい少女が、細い両手で銃を握りしめてカチンコチンに凍っているところに遭遇した。

E

凍っているのにどうして生きているのかよくわからなかったけれど、とにかくその少女は呼吸らしきものをしていた。ぼくはあわててコートを脱いで、彼女の上にかけた。いや、かけようとした。そのとき、驚くべきことが起こった。

凍りついて、ドイツビールの瓶や古雑誌や林檎《りんご》の芯《しん》と一緒に冷気を立ち上らせていた不思議な少女が、突然、

――クワッ

瞳を見開いたのだ。

ぼくは「うわっ?」と叫んでのけぞった。かなりビックリした。

大きな瞳だった。なぜかわずかに青みがかって見えた。彼女は起きあがろうと手を伸ばし、ついでぼくを見た。ぼくの脱いだコートをかけられた自分の裸体。凍ったゴミ。くさすぎるブレンドされた臭気。パトカーの音。コートを脱いだせいで寒そうに縮こまっているぼく。

なにも言わなかった。

ただ瞳をまんまるにしてぼくを見上げていた。

説明してよ、みたいな顔で。

ぼくは聞いた。説明できることなんてないし。へんなのはその子のほうだし。不思議だし。

「……なにしてんの?」

「…………………………………さぁ」

「えっ?」

「あの、わたし、いったいなにしてるのかなぁ?」

質問を質問でかわされた。

その声はあまりに不安そうに震えていた。

彼女はゆっくりとダストシュートから出てきた。凍っていた体から、今度は熱すぎる感じの湯気がなぜか立ち上り、しゅうしゅうと音を立てて、凍ったゴミが濁った湯を垂らしながらその体からはがれて落ちていった。ドイツビールの瓶が、古雑誌が、林檎の芯が、菓子パンの空き袋が。

ぼとぼとぼとぼと、と……。

彼女は立ちあがると、ゴミにずぼずぼと埋もれた両足をガコン、ガコンと動かして前に出そうとした。握りしめた銃が、丈夫そうな鉄製のシロモノなのになぜかぎしぎしといまにも握りつぶされそうに心許《こころもと》ない音を立てた。足を動かすたびに、ダストシュートの床が抜けて、ずぼ、ずぼ、と穴が開いた。しゅううう、と鉄が溶けるようなへんな音と臭いがした。ようやく彼女は、裸のままでダストシュートの外に降り立った。しゅううう……熱が去っていき、彼女はぼくのコートを羽織った。コートのあいだから、白い肌とか臍《へそ》とか見えちゃまずそうなものが、ちらちら覗《のぞ》いた。

彼女は両手をぐるぐる振り回すと、周りの壁や電柱を触った。そのたびに、まるで地震が起きたみたいに雑居ビルが、電柱がぐわんぐわん揺れた。そのうち揺れが小さくなっていった。力の入れ方を把握したというように、彼女は——うん、とうなずいてぼくに向き直った。

ぼくの肩に、そうぅぅぅっ——と手を置いた。

……ふわーり

メレンゲみたいな柔らかな感触がした。彼女はホッとしたようにぼくに微笑みかけた。

それは、深くなるほどとても悲しそうに見えてしまう、不思議な笑顔だった。

赤茶けた長い彼女の髪が、乾いたビル風にぶわりとたなびいた。その風にぼくは「——くしゅん」とくしゃみをした。彼女はカクンと首をかしげた。そして不思議そうに聞いた。

「それ、なぁに？」

「くしゃみ」

「ふーん」

それからぼくの真似をして、そっくりに「くしゅん」とやってみせた。そしてまた微笑みかけた。大きな瞳《ひとみ》の下に深いしわが寄り、瞳は目尻《めじり》をぐいっと下げた垂れ目になった。そうすると彼女はとても幼く見えた。裸の体もまるで大人のものではないし、多分ぼくと同じぐらいの歳なのだろう、と思った。

ぼくは早口で、聞くべきことを聞いた。

「あのさ、あんた誰？　なにしてたの？　どうして裸なの？　それに、その……」

「あんた誰？　なにしてたの？」

また質問に質問で返された。くそぅ。

ぼくは真面目に答えた。

「巣籠カナ。逃げてた」

「そう。わたしは……わたしは…………」

彼女はぼくをじっとみつめた。

ふいにかなしそうに瞳を曇らせた。キィキィと金切り声で、

「あぁぁ、名前ぇぇ、思い出せないいぃぃぃ」

「それって、記憶そーしつ系？」

「…………うーん。……うん、そう」

彼女はへんな返事をした。

……へんな子。

どうして裸なんだろう？　銃を持ってるんだろう？　これって本物？　いや、モデルガンかな？　どっちにしてもなにかの犯罪に巻きこまれたんだろうかとか、それとも頭がおかしい子なんだろうかとか、ぼくはめまぐるしく考えた。

また北風が吹いた。

ぼくが寒そうに体を縮こまらせると、彼女は近づいてきた。肩を寄せあうと少しだけ暖かくなった。彼女は間近で、悪魔みたいに青みがかった瞳を輝かせた。

「……どうして目が青いの？　ハーフ？」

「ええとね」

彼女が答えようとしたとき、パトカーのサイレンがまた近づいてきた。路地裏の手前で停車したらしく、サイレンは大音響で響き続けた。ぼくは驚いて体を硬直させた。彼女がぼくの手を引っ張った。

「巣籠カナ。逃げてるって、あの音から？」

「そう。あれ、パトカーだし……」

「パトカーってなに？」

「警察の人が乗る仕事用の車。柄はパンダっぽい」

「警察って？」

「悪い人を捕まえるための、国の団体」

彼女はハッと息を飲んだ。ぼくをじいっとみつめて、

「巣籠カナは、悪い人なんだ？」

かなり本気で、怯《おび》えたような責めるような目でぼくを見たので、ムッとした。彼女が握りしめた銃を指差して、

「あんたこそ。普通、それを持っているのは悪い人なんだよ。パンダ柄の車に乗せられて、連れていかれるよ。それに、裸だし。あんたは不審人物だから、職務質問されて連れていかれるって」

「……やだー！」

彼女は叫んだ。

子供みたいに、裸足《はだし》の足で地団駄を踏んだ。すると、地面が軽い地震ぐらいの揺れを起こし始めた。彼女が足を止めると、地震も止まった。

パトカーの音は遠ざかる気配もない。ぼくの心臓がドキドキといやな音で鳴り始めた。

彼女は手の中の銃をキョトンとしてみつめていた。顔を上げると、ぼくに向かって銃口を向けながら、

「これー、なぁにー？」

「わわわ、こっちに向けないでよ！　本物かモデルガンかわかんないし。やめてってば！」

「これ、なにって、聞いてるのー！」

「悪い人が持ってる、すごい武器」

「……」

彼女はゆっくりと手を下ろした。

大きな瞳が泣きそうに潤み始めた。

「……わたし悪い人？」

「知らないけど」

「サイレン、ずっと鳴ってるね」

彼女がそうつぶやいたとき、ザッ……と、路地裏に誰かが足を踏み入れたような足音がした。彼女がひゅうっと息を飲んだ。

ぼくは走りだした。わけのわからない女の子を置いて、路地の反対側へ。

「…………カナぁぁ！」

子供みたいな泣き声がした。

振り向くと、彼女が銃を片手で握りしめたまま、ペタンと地面に女の子座りして、泣いていた。コートが大きくはだけて、白くて細くてきれいだけど発育不良気味の裸体が、月光を浴びて白々と浮かび上がった。

不思議な光景だった。

ぼくはチッと舌打ちした。我ながら、映画に出てくる不良少年みたいな仕草だった。それから路地をとって返した。銃を持っていないほうの手の甲で、溢《あふ》れる涙をぐしぐし拭《ふ》いているかなりダメな感じの半裸の美少女をぐいぐい引っ張って、立ちあがらせた。

「ぼく、逃げるけど。あんたもくる？」

「………………」

彼女はキョトンとしてぼくの顔をみつめていた。とても長く感じられた沈黙は、実際には一、二秒のことだったたと思う。

彼女は、

「……うん！」

おやつ食べる？　と聞かれた子供みたいに目を輝かせて、よだれもたらさんばかりにして大きくうなずいた。それからぼくの顔に青白いほっぺたをすり寄せた。

「巣籠カナと、行く！　行こ！」

二人で――

路地を駆け抜けた。

サイレンの音はますます大きくなっていくように感じられた。

「ねぇ、カナ」

彼女がとなりで叫んだ。

なぜかちょっと楽しそうだった。それどころじゃないのに。とある事件を起こして逃亡中の女子中学生と、拳銃《けんじゅう》不法所持&猥褻物《わいせつぶつ》陳列罪らしき謎の美少女と。並んで走っているのだ。

「カナ、わたしに仮の名前をつけて。いい感じの名前がいいな」

「……ぼくがぁ？」

「はやくはやく。それで、その名前でわたしのこと呼んでほしいの」

「自分で考えたら？」

「やだ。人につけてほしいの」

「どして？」

「だって、そのほうが、その名前を大事にできるもの」

ぼくが突然の申し出に戸惑って黙っていると、彼女はつまらなそうにふくれっ面になった。そして、走りながら真っ白な手の指を開いてみせ、

「五秒以内ね、巣籠カナ」

「どうして？」

「そうしないと、わたし、バクハツする」

「なにそれ？」

「5、4、3、2、1……」

「待ってよ、まったく。ええと、じゃあ、じゃあ！」

ぼくはなぜか乗せられてしまい、あわてて叫んだ。

「白雪《しらゆき》！　雪みたいに白いから、白雪！　どう？　クール？」

彼女――白雪はクスリと笑った。ひそやかな、大人みたいな笑い方だった。同い年ぐらいに見えるけれど、突然その瞬間だけ彼女がすごく大人に思えた。言うなれば、知らない間に一瞬だけタイムスリップして、大人になった彼女を目撃した……みたいな……。

「雪みたいに白いから、白雪……？」

じっとみつめかえしていると、だんだん、自分がとっさにつけたその名前がとても気に入ってきた。白雪はまじめな顔でうなずいているぼくとみつめあって、うれしそうに言った。

「なんだか、猫に名前付けるような考え方ねぇ。巣籠カナ」

「そう？」

「ねぇ、呼んでみて。わたしのこと」

ぼくは立ち止まった。

路地を抜けて、ぼくたちは大きな交差点にたどりついていた。クラクションや酔いどれの声やバーから流れてくるカラオケが耳にもつれながら流れこんできて、辺りが急に騒がしく感じられた。白雪はじっとぼくをみつめていた。冷たい風が吹いて、ぼくの貸したコートが揺れた。

ぼくたちはじっとみつめあっていた。彼女の瞳《ひとみ》は、近くの看板のネオンを映してか、潤んで、さっきよりさらに青く輝いていた。

クラクションが鳴った。

そして――

ぼくは、自分で名付けた、その女の子の名前を、そっと呼んだ。

「――白、雪」

Vol.2

［Φ！］

Z

　ぼくが住むその田舎町は、関東地方の隅っこにかろうじて引っかかっているような場所にあって、大都会、東京には特急列車に乗れば二時間ちょっとぐらいで辿《たど》り着《つ》くことができた。だけどその距離はとても重くて、しみったれていて、乗るたびぼくは憂鬱《ゆううつ》になった。たとえば、中学に入ってから、クラスの友達と連れだって原宿《はらじゅく》目指して遊びに行ったとき。たとえば、アメリカのすごくかわいい女の子歌手が来日して、武道館でやるコンサートに出かけていったとき。ぼくはこの薄汚れてどこか照明も暗い特急列車に揺られて、数時間後にはまた田舎町に帰るんだと思って、帰りたくないなぁってちょっと悲しくなったりした。

　田舎町は見事にズバーッと田園が並んでいて、あぜ道を歩くと、鳥よけの案山子《かかし》が風にくるくる揺れていたりした。ぼくが通っていた中学校は、そんな田圃《たんぼ》の真ん中にある、長い時間をかけてゆっくりと有毒物質が染みこんだようないかにもヤバい灰色にくすんだ、四角い校舎だった。古くて、生徒も少子化のせいか減っていて、正面は田圃に囲まれ、背後は小高い山だった。

　その山が谷津凪《やつなぎ》山だ。

　——宇宙船が墜《お》ちたとか言う、山。

谷津凪山は山というか小高い丘というか、とにかくかなりしょぼい感じの、いわゆる〝学校の裏山〟だった。公園があるわけでもハイキングコースがあるわけでもなく、ただ気味の悪い噂だけがあった。山の反対側の麓《ふもと》には××精神病院があって、それは町で唯一の精神病院だったのだ。そこから逃げた患者が山に潜んで集落を作っているとか、子供をさらうとか。山からこの世のものではない黄色い救急車が走りでてきて、その救急車に迎えにこられた人間は、どこも悪くなくても精神病院に連れていかれて、それきり出てこれないとか。

こういう噂とかアイドルの振り付けとかは、ぼくたち女子の得意分野だった。そういうとき男子はたいがい、校庭でサッカーをしたり、教室の隅っこに集まって一冊のゲーム雑誌を五人ぐらいでめくったり、廊下で水道水をたくさん入れてふくらましたコンドームを振り回して先生に怒られたりしていた。

谷津凪山に墜ちた、未確認の飛行物体。

きっと明日には、教室で女子が大騒ぎして、宇宙船の形状や、逃げたというその青い瞳の宇宙人やなにやらについて、知っている情報を提示しあって盛りあがるのだろう。隅っこでゲーム雑誌をめくっていた男子の一人が「そんなわけねーだろ」とか口を挟むと、女子の一斉のブーイングにあって、ビビるのだろう。男子は「……こえー」とつぶやいて退散して、女子はまたわーわー盛りあがる。やがてチャイムが鳴って、教室に先生が入ってきても、みんななかなか席に着かない。

その輪に、ぼくはもういないけど。

H

——ぼくが素早く、クールに、なおかつスタイリッシュに命名したおかげでバクハツせずにすんだ美少女、白雪《しらゆき》はぶつぶつと「そんなにいい名前かなぁ？　巣籠《すごもり》カナが言うほど、クールかなぁ？」と文句を言いながらも、交差点を渡って反対側の路地を歩きだしていた。

「じゃあ、自分でつけるならどんな名前にしたわけ？」

「ええとねぇ……」

ぼくたちは手をつないで、つとめてのんきに歩いていた。ぼくが逃亡犯でも、白雪がなにかでも、とにかく誰かと二人でのんきに歩いているとは誰も思わないだろう。カモフラージュのためには、走って逃げるよりこのほうが頭いい気がした。

白雪が顔を上げて、急に妙な声を出した。

「δδδ、ζθλ、ξ、φφ、ψ、σσσσσ!!」

……まるで超音波だった。

それはイルカの鳴き声とかがいちばんイメージに近い、もしくはコウモリとか、犬笛とか……。とにかく、人間の喉《のど》にそんな音波が出せるとは到底思えないような奇天烈《きてれつ》なものだった。ぼくがポカーンとして白雪をみつめると、なぜか白雪はとても得意そうに胸を張った。

そして、言った。

「どう？」

「……それ、何語？」

「ケンタウロス第七星系語。……なーんて、嘘」

ぼくは、そのけったいな女の子をじろじろとみつめた。銃を握ってゴミ箱でカチンコチンに凍っていた、裸の白雪。記憶喪失系だと言うけれど、警察に行きたがるわけでもなく、ぼくについてきている。

「……ケンタウロス第七星系って、なに？」

「それはですねぇ」

ますます得意そうになって、彼女はよどみなくしゃべりだした。

「宇宙の中心がどこか知ってる？　最初のビッグバンがあってなんにもなんにもないところからドカーンと始まったあの場所。あの場所だってば。こことけっこう近いんだよ。えとね、太陽系のちょびっと先。δεζθσσσ……かな？　だからケンタウロス第七星系はここと比べてけっこう田舎。遠いもん。わかりやすく言うとアメリカでいうところのイリノイ州。あーあったなそんな場所もって感じ。ま、住んでるやつらには関係ないけど。でね、ケンタウロス第七星系は、宇宙の中心の太陽系からだと、辺境星系御用達《ごようたし》の定期渦状星雲便に乗って、特急便ならωくらいのところにあるんだけど。いわゆるケンタウロス座。そこの第七星系……って言っても、いまでは第七と第五が残ってるだけで後は紫色のガスの塵《ちり》になっちゃったけど、古くて。ληονν……。青緑色をした光の砂漠みたいな無のディラックの海をすごいゆっくり進んで三つも越えないと着かないから、危険だし遠いと言えばどうなんだけど。だけど半径約百光年のケンタウロス第七星系第一惑星は、地球によく似てるんだよ。青白いカリスト大地がぼうっと輝いていて、それは外から見た地球と意外とすごく似ててね……」

……ときどきまた超音波が混ざった。ぼくは、聞き取りにくい部分を省いてもなんのことだかさっぱりわからない彼女の言葉に、戸惑いながらとなりを歩いていた。わからないけれど聞いているうちになんとなく、青緑とか青紫とか、きれいな色が瞼《まぶた》の裏でチカチカし始めた。宇宙の色かな……。

二十代の社会人らしいカップルが向こうから歩いてきた。ほろ酔いで、人目もはばからず寄り添って歩いている二人とすれ違う瞬間、白雪のコートが少しめくれて、裸の体が一瞬見えた。カップルの男のほうがギョッとして足をもつれさせ、ステーンと転んだ。つられて、腕を組んでいた女まで転んでしまった。ブランド物のバッグが居酒屋の看板にぶつかって倒れ、向こうにいた大学生らしき集団が悲鳴を上げた。女の子が一人転んで、助けようとした別の女の子も引っ張られて転んで、男の子たちが押されて、地下に降りていく居酒屋の階段を何人もがぎゃあぎゃあ言いながら転がり落ちていった。

　思わず白雪を見た。

　白雪はビックリしたように、青みがかった大きな瞳《ひとみ》を見開いていた。パカリと口を開けた。そして一言、言った。

「Φ！」

　……その甲高い超音波に、転んだカップルの女のほうが、驚いたように体を強《こわ》ばらせて白雪を見上げた。ついで、ゆっくりとぼくのほうも見た。ぼくは体を硬くした。白雪がぼくの手を引っ張った。

「あの店、行こう。あの店！　ね、巣籠カナ！」

　彼女の白い細い指がさしているのは、黄色と黒の毒々しいネオン輝くとある店だった。戸惑うぼくに構わず、白雪はぐいぐいとぼくを引っ張っていった。ぼくは転んでいるカップルや大学生の集団にビビりながらも、逃げるようにその場を後にした。

　夜が始まっていた。本格的に、夜が。それは白雪の姿をしていた。ぼくはもう、どうしていいのかよくわからなくなっていた。

その店はいわゆる総合雑貨格安量販店だった。ドン・キホーテかというとそうではなく、つまりドン・キホーテの偽物だった。黄色と黒の縞模様《しまもよう》のネオンはどこか阪神タイガースを連想させたけど、阪神グッズはまったく置いていなかった。

店内にはうるさすぎる音楽が流れていて、それがまた、ナツメロというにも古すぎるような恐ろしいド演歌なのだった。購買意欲をそそる、のかなぁ？

白雪はぼんやりと店内を見渡していた。それからド演歌に負けないような大声で、ぼくに向かっていろいろと聞いた。「どこに逃げるのー？」とか「なにしたのー？」とか。ぼくも一生懸命大声を張り上げて、これまでの経緯を説明した。

とある事件を起こしてしまったかもしれないことと、義父が怪我をしたこと。家の前にやってきたパトカーはぼくのことを過失致死未遂罪で捕まえようとしていたのかもしれないし、救急車は怪我をした義父のためにきたはずだということ……。

落ちついて考えると、一度店の外に出て、静かなところで話せばよかったのだけれど……。そのときのぼくには思いつかなかった。まるで、おかしな悪夢に巻きこまれてしまって、ただぼんやりと夢の続きを追いながら目覚める時を待っている……そんな感じだった。なんだか完全に白雪のペースだった。

……ぼくの話に白雪はうなずくと、そのドン・キホーテの偽物みたいな店の奥にどんどん進んでいった。店の入り口辺りは日常雑貨がたくさんあったけれど、奥に進むに連れて怪しくなってきた。

白雪は「これ！」と指差した。

ぼくは「……それ？」と聞き返した。

白雪は「そうでしょ」と満足そうにうなずいた。

彼女が指差しているのは看護師の制服だった。〈ナース服　ミニ　五九〇〇円〉と値札が躍っていた。ぼくはわけがわからなくて、白雪をただみつめ返した。

白雪は、ポカンとしているぼくに教え諭すように言った。

「そのお義父《とう》さん、生きてるか死んじゃったかわからないんでしょ？　病院に行ってみようよ。変装して。ね？」

「……あ！」

白雪の言わんとしていることがようやくわかった。ぼくはうなずいた。ナース服を二枚と、白雪の下着と、自分用に安いハーフコートを買った。薄いベージュで、値段の割にはデザインもまぁまぁだった。ポケットから一万円札を二枚出した。

心の中で、お金をくれたお兄ちゃんに（ナース服ミニなんかに使ってごめん……）と頭を下げた。レジに持っていく。お金を払っていると、横から白雪が顔を出してレジのおじさんに、

「この買った服、ここで着替えていいですか？」

「……いいですよ」

おじさんはあきらかに戸惑っていた。

ぼくたちは店の隅にかろうじてあった試着室に入って、二人で押し合いへし合いしながら着替えた。上からコートを着ると、普通だった。それからあわてて、靴も買わなきゃ、と安いブーツをみつけて買い、履いた。白雪は編み上げの赤革のロングブーツ。ぼくはアーミーっぽいドカ靴タイプのハーフブーツ。足が暖かくなった。二人で顔を見合わせてにこにこした。

店のおじさんはぼくたちをチラチラと盗み見ていた。振り向くと、おじさんはぼくたちの姿にじっと目を注いでいた。ぼくは白雪をつつき、出ようと合図した。白雪もうなずいた。

ドン・キホーテの偽物みたいな店を出ようとして、もう一度振り向いた。おじさんはぼくたちをじっとみつめながら、店の電話に手を伸ばしていた。番号ボタンを押す手が三回しか動かず、後は相手が出るのを待っている。

三つしか押さなくてもかかる番号は限られている。１１９とか、１１４とか、１１７とか……。
１１０、とかね。
ぼくが白雪を振り返ると、白雪もまた硬い顔をしておじさんを睨《にら》んでいた。その顔はとても暗く、強い怒りを発する表情だった。ぼくは戸惑った。

白雪が「行こう!」と叫んだ。ぼくは一緒になって走りだした。おじさんがあわてたように立ちあがった。こっちをみつめながら、受話器をつかんでなにかしゃべっている。片手に白いチラシのようなものをつかんでいるのが見えた。

おじさんがなにか叫んだ。

……怒っていたりではなさそうなその表情に、ぼくは戸惑った。おじさんは心配するような、戸惑ったような不思議な顔つきで、逃げていくぼくたちをみつめていた。

「ねぇ、白雪……」

「行こ! 巣籠カナ、早く!」

白雪は……

少し強引だった。

ぼくはふとあることに気づいて、ハッと胸をつかれた思いがした。

記憶喪失系、と言っていた白雪。

ぼくがみつけたときには、右も左もわからない様子で、湯気を上げて、カチンコチンのゴミをどろどろ溶かしながら出てきて、なにも思い出せないぃぃぃ、と金切り声を上げていた白雪。

警察とかパトカーとか、そういう言葉の意味もわからなくて、いちいちぼくに聞いていた白雪。

それがわずか三十分ほどで、回復というのだろうか――？　それとも学習というのだろうか――？

ぼくの話を聞いて、病院、看護師、雑貨量販店などをすべて把握して、自分からぼくに指示を出し始めたのだ。なにもかもわかっていて、ぼくより頭の回転が早い。

これっていったいどういうこと……？　白雪は本当に記憶喪失の女の子なの？　ああ、ぼくにはもうわからない。

いったい白雪は……？


ぼくのとなりを走る白雪は、口をギュッと結んで無言だった。

病院の近くまできたとき、横道から走り出してきた大きな影があった。ぶつかりそうになって、止まる。と、それは……。

ドン・キホーテの偽物の店でレジにいたおじさんだった。急いで追いかけてきたらしく、太った体ではーはーと荒く息をしている。

「よ、ようやく、追いついた。はー、はー……。君、君、あの……。はー、はー。いま、警察に連絡を………君、その………」

おじさんは悪意のない目をしていた。

心配そうにこちらを見ていた。

そしてその目は……。

ぼくではなく、なぜか白雪のほうに注がれていた。

白雪は小さな両手をゲンコツにしてグッと握りしめた。おじさんは白雪に向かって、

「き、君……」とつぶやいた。

またはーはーと息をしてから、なにかを言いかけた。

「あやにょこ……」

「えいっ！」

——ゴキッ！

白雪がおじさんの頭を殴った。

驚いた顔でよろめいたおじさんの、大きな頭。白雪はその太くて短い首を両腕で抱え込むと、顔面にゴスッと膝蹴《ひざげ》りを入れた。おじさんは「くふぅ……！」と変なうめき声を上げて、うつ伏せに倒れた。

「え、白雪……？」

「行くよ、巣籠カナ！」

白雪は振り返ると、ぼくをみつめてキッパリと言った。アニメの主人公が、強大な敵に囚《とら》われていたヒロインとか大事な親友とかを命を懸けて助けだすときみたいな、迷いのない清廉な表情と声だった。ちょっとかっこよかった。

でも……。

この状況でそんなかっこいい顔をされても、よく、わからない……。

戸惑うぼくを、白雪は引っ張った。病院はすぐそこだった。角を曲がって少し走ると、〈救急外来〉という文字がネオンとなって輝く、病院の裏口に着いた。

白雪はバッとコートを脱いだ。

ぼくも脱いだ。

そしてお互いの姿をじっとみつめた。

ぼくたちは上半身だけを見れば立派に看護師に見えた。だけど腰から下は〈ナース服ミニ〉だったので、すごくスカート丈が短くて、しかも足元はブーツだった。黒いアーミーブーツのぼくと、真っ赤な編み上げブーツの白雪。怪しかった。ぼくたちはあからさまに怪しい女の子だった。

白雪が先にコメントした。

「……まぁ、いいか？」

夜の病院は、いまは救急車でやってきた怪我人などもいないようで、しんと静まり返っていた。静かで暗くて、空気は冷たく冷え切っている。どこからか消毒薬の匂いが漂ってくる。病院だ。確かにぼくはいま病院にいるのだ、と思った。

白雪と二人で早足で救急外来の受付を通り、ずんずんと奥に入っていった。ブーツの踵《かかと》がコツコツと二人分の勇ましい足音を立てていた。本当の看護師たちだったら、けして立てないはずの足音だった。しんと静まり返った夜の病院に、その足音はまるで戦士の行進みたいにズンズンと響いた。

白雪はぼくの前を、ぴんと背筋を伸ばして堂々と歩いていた。赤茶けた長いストレートヘアが、歩くたびに左右に大きく揺れていた。たてがみみたいだ、とふいに思った。白雪は角を一つ曲がった。

ぼくは……。

彼女について歩きながら、ぐるぐると考え事をしていた。さっき白雪にK－1ですか？というような奇妙な動きで倒されてしまったおじさんがつぶやいた言葉のことをだ。おじさんはこうつぶやいたのだが……。

「あやにょこ……」

と。

あやにょこ、って、なに？

……前を歩いている白雪に聞いても、教えてくれなさそうな気がした。

この子はいったいなんなのだろう？　あのダストシュートの中でカチンコチンに凍っていた姿を、また思い出した。あれは……。

あれは、だいたい、人間なんだろうか？

凍ったり、湯気を出して溶けたり、ゴミ箱の鉄の床を踏み抜いたりするかな。

……だけどさっきの首相撲《くびずもう》からの膝蹴りは、なるほど人間の技っぽかったな、とぼくは思った。お兄ちゃんと一緒に熱中した格闘ゲームのキャラクターたちは、もっともっと超人的だった。飛んだり、くるくる回転したり、奈落の底に落ちたのにピンピンしていたりした。白雪の技は、どちらかというとテレビで見る格闘技とかそういうのだった。きわめて現実的な。

そこまで考えて、ぼくは思考を停止した。

すぐそこに……。

救急外来の薄暗い不吉な廊下の、長椅子に……。

中年の女の人が座っていたのだ。

一人で、ポツンと。

その人は怒ったような顔をしていて、髪をひっつめて結んでいて、ひっきりなしに右手親指の爪を齧《かじ》っていた。まるで不機嫌な子供みたいな仕草だった。癖なのだ。ぼくに向かって怒るときも、なにやら理由なく機嫌の悪いときも、家計簿をつけているときも、いつもそうするのだ。

その女の人は……。

ぼくの、母親だった。

ぼくは思わず壁にビターンと背中をくっつけ、隠れた。本当に「ビターン！」といい音がした。できれば壁と一体化して消えてしまいたかった。白雪は振り返って、ぼくの姿にキョトンと首をかしげた。それから長椅子の女の人のほうを見て、もう一度ぼくを見て、あぁとうなずいた。

近づいてきて、わかってるよと言うようにうなずいてみせた。

そしてとぼけたことを言った。

「あれが、お義父《とう》さんだ」

「…………ちがう。おかあさん。白雪はなんなの、いったい。どこがおじさんに見えるのよ。女でしょ、女。顔もほら、似てるし」

ぼくはムキになり、自分の顔を指差した。白雪は大きな瞳《ひとみ》をまんまるに見開いて、ぼくをじいっ……とみつめた。瞳の虹彩《こうさい》が青みがかって、ところどころ銀というか白っぽいところもあることに、ぼくは気づいた。なにかを思いだしそうな気がした。

青い瞳……。

なんだっけ……？

青い瞳の、なにかの噂……。

白雪はぼくの顔と、長椅子に呆然《ぼうぜん》として座っている女の人の顔を、何度も何度も見比べた。ぼくと母親は、法事とかで親戚《しんせき》が集まったとき、クローン親子とからかわれるほどに顔がよく似ていた。母親のほうが大人で女っぽいけど。母親は大学生のときにキャンパスクイーンに選ばれたというのがすごく自慢の人で、実際、おばはんだけどきれいな人だった。似てると言われてもそんなにいやじゃなかった。だけど白雪は何度も見比べた末に、首をかしげた。

「よくわかんない」

「……ちぇっ」

「それより、あれがおかあさんってことは、あの、ほら……」

白雪がこそこそと指差したのは、長椅子の前——白々とした廊下の一角にある、観音開きのドア——そしてその上に輝いている〈手術中〉の赤いランプだった。

「この中で、つまり……？」

「そっか……」

ふいに……。

また、あの、ぼくの苦手な……。

柿の匂いがし始めた気がした。ぼくはとても辛《つら》くなった。

あの匂いは大人のいろんな汚いことの匂いなのだ。だけどそれは誰のせいでもないのだ。

本当は。

それは手術室の中から漂ってくるようだった。ぼくは義父が本当に苦手だった。大人だから。いやらしい目で見るから。へんな匂いがするから。

白雪は、黙ったままいろんなことをめまぐるしく考えた末に落ちこみ始めたぼくの顔を、じいっと見ていた。それから「よっしゃ」とうなずいた。

「よっしゃって、なにが？」

「わたしが聞いてくる。わたし、ほら、面が割れてないし。どう見ても看護師だし」

と自信満々で、どう見ても怪しい女の子である白雪は言い切った。そして止める間もなく、コツコツとブーツを響かせて長椅子に向かっていった。ぼくはあちゃーと首を縮めた。

赤茶けた長い髪、青っぽい瞳、ナース服ミニに、真っ赤な革のロングブーツ。年齢は十五歳ぐらい。……あからさまに怪しい白雪は、堂々と長椅子の女の人に声をかけた。

「だんなさんは、こちらに？」

ゆっくりと、母親が顔を上げた。

ぼくはハッとして物陰に隠れた。

母親の瞳は腫《は》れあがって、頬には涙の跡がこびりついていた。おばはんだけれどどちらかというとやはり美しい人なので、よけいに痛々しく感じられた。町内会に出かけていったときと同じ、地味なカーディガンにロングスカート姿。肩からかけた鮮やかなピンク色の毛糸のショールは、ぼくが去年の冬に編んで、失敗したと思って捨てようとしていたところを母親に拾われたシロモノだった。ピンクは若い色過ぎて似合っていなかった。

「あの……?」

「わたしはこの病院の看護師です」

怪しい女の子、白雪は堂々と言い放った。

母親は不思議そうに首をかしげたが、思考が半分は停止状態だったらしく、なんとなく納得した。白雪に聞かれて、母親は切れ切れに、夫が大怪我をして救急車で運ばれたこと、怪我の理由が、ちょっと聞いたこともないものだということ、犯人として手配されているのが娘だということ、そして夫は意識不明の重体だということを説明した。

「重体ですか……」

「夫はきっと死んでしまいます」

――静かな声だった。絶望の深さが空気の振動を通して伝わってきた。ぼくはたまらなくなって、おかあさん、と思わず駆け寄りそうになった。ごめん、という言葉が口もとまで上ってきていた。自分は本当にたいへんなことをしてしまったのだ、と思った。震えが走って、叫びだしそうになった。

だけどそのとき、急に母親の声が震えた。そして吐きだすように語り始めた。

「どうしてこんなことを! あの人には恩があるのに! 子連れで拾ってもらって、家も広くて、高校も大学も出してくれるって言っていて、恩があるのに! 恩を仇《あだ》で返すようなこと! 信じられない! 最近の子供って、なんでああなの。ああ、本当に最近物騒な事件ばかり。うちの子はまさかって思ってたのに、よりによってあの人を。ああ、あの子、あの子……」

静まり返った暗い廊下に、母親の声が響き渡った。

「この手でころしてやりたい！」

白雪が顔を上げた。

目があった。

ぼくは、泣きそうな顔をしていた。

生まれたときからずっと一緒だった。

誰よりも長いあいだ、ずっとぼくを見てきた。

なのにどうして、理由があるんだとは思ってくれないんだろう？

近所の人とかにプチ殺人鬼扱いされるのは、我慢できる。だってよく知らない人だし。だけど、たとえばクラスの友達とかお兄ちゃんとか、ぼくをよく知る人は、ぼくの話も聞かずに決めつけたりしないと思う。

カナがそんなことするはずないよって。ワイドショーのリポーターにマイクを向けられて、誘導尋問じみた質問――たとえば「どういう子だった？　やっぱり、キレやすかったり、暴力的なゲームが好きだったりとかした？　なんでもいいから、思いだしたこと、話してくれないかな」とかね――をされても、そんな手に引っかからないと思う。カナはそんな子じゃないよって、ムキになって庇《かば》ってくれると思う。

だけど、血の繋《つな》がった大人は、いちばんやっかいだ。理解しようとしないし、決めつけるし、子供を一つの人格じゃなくて、自分の持ち物みたいに思ってるから「この手でころす」みたいなことを平気で言える。本当は別の人格、別の命なのに。

ぼくはとてもがっかりしていた。

母親が庇ってくれるものだと、どこかで思っていたのだ。あの子はそんなことしません、とか。きっと夫がなにかしたんです、とか。なんだかそんなようなことを。だって母親は家を空けようとしなかった。今夜以外はずっと、もう何年も家にいた。ぼくが感じていたものを母親も感じていたのだとばかり思っていた。ぼくは驚いたし、それに……ぼくは……。

甘かった。ベタ甘だった。そしてそういう意味で、ぼくはまごうことなく十五歳《い》なのだった。

——気づくと、白雪に手を引かれて病院の外に出ていた。ぼくはびーびー泣いていた。白雪は困ったような顔をしてぼくを引っ張っていた。病院の駐車場にはまばらに車が停まっていた。白い高級外車のボンネットによじ上った白雪が、長くて細い足を組んで、夜空を見上げた。ぼくもよじ上った。両足を抱えて体育座りした。落ちこんだときの座り方だ。

白雪が不思議そうにつぶやいた。

「ねぇ、巣籠カナ」

「ん？」

「おかあさんって人はさ、人をころしてもいいの？」

「ダ、ダメだよ。捕まるよ。ときどき捕まってる人いるもん。ニュースとかで」

「……だよね」

「子供がもっと小さいときにだけど。法律的にはダメだよ。だけど……」

　ぼくは夜空を見上げた。しんと冷え切った群青色の空には、さすがに田舎町らしく、星座がはっきりと認識できるほどに星が浮かんでいた。きれいだった。悲しくなった。

　ぼくはクラスの男子とかと話したことを思いだした。放課後の教室に忘れ物を取りに行ったときとか、体育の授業をサボッて、裏山の麓《ふもと》でマンガを読んでたときとか。ふと二人きりになったクラスの男子と、そういうときに真面目な話をしたことがあった。男子はみんな、けっこうおとうさんとの仲が悪くて、いろいろとたいへんそうだった。やりたいということを頭ごなしに否定されたり、人生に確たる目標がないとかうだうだしてるとか、そういう理由で人間としての価値を全否定されたり。

　息子がやりたいことには否定的。だけどやりたいことがなにもなければ、やっぱりけなす。悔しいけれど、反旗を翻すには子供すぎる。集団でいるときの男子はなんだかアホッぽいけど、一人一人になったとき話すと、とても辛そうで、いろいろ悩んでいて、それは確かに、自分と同じ町に住む同じ世代の子なんだと感じられた。同じ色の涙をこぼしてるんだと思えた。

毎日どこかで、ぼくたちは大人にころされてる。心とか。可能性とか。夢見る未来とかを。足蹴《あしげ》にされて踏みつけられて、それでもまた朝になったら学校に行かないといけない。そういった殺戮《さつりく》は、日本中いたるところで毎晩のように起こっているんだ。この瞬間だって、泣きそうになって夜空を見上げている中学生は、ぼくだけじゃない。同じ夜空を見ている誰かが、いるはずなんだ。

――ぼくはそんなようなことを、切れ切れに感情的に、白雪に語った。どこまで通じるのかよくわからなかったけれど。だってこの子は、警察もパトカーも知らなかったかと思うと、世事にすごく長《た》けていたり、かと思ったら〝お義父《とう》さん〟たるものが男か女かもわかってなかったり。なにがわかっていてなにがわからないのか、ぼくには把握しきれなかった。

白雪は黙って聞いていた。コートのポケットに手を入れて、取りだしたあの黒っぽい塊――銃を、ぐるんぐるんと手の中で回して悪さしていた。銃はとても重そうで、冷たい黒い光を発していた。銃自体が発光するような、暗くて不思議な輝きだった。

それは――

その光は、怒りに似ていた。冷たく、激しく、なのにとても静かだった。人間が作った精密な武器だけが持つ硬質な輝きだった。

ぼくはふいに、それはモデルガンなんかじゃなく、まちがいなく本物の銃だ、と思った。それは閃《ひらめ》きだった。

夜空はしんと冷え切っていた。


――ぼくは切れ切れに、どこかに逃げたいとか遠くに行きたいとか、家にはもう帰りたくない、この町にもいたくないとかつぶやいていた。家に帰っても、自分のやったことをうまく説明できる自信がなかった。ぼくは聞いたこともないような方法で保護者に怪我をさせてしまった危険なプチ殺人鬼だったし、なのにその原因である義父の行動のほうには、確たる犯罪的な証拠なんてなんにもなかった。ぼくには、黙って警察に両手首を差しだす以外に道はないように思われた。それか、逃げるしか。

ぼくが話し終わって、口をつぐんで、これ以上しゃべるとダメだな、グチになっちゃうもん、とさすがに自重していると、白雪は銃をポケットにしまって、代わりに出したなにかをぼくに見せた。

「ん?」

「じゃじゃーん。キャッシュカード」

「げげぇ!?」

ぼくは思わずへんな声を出してしまった。白雪が得意そうに見せているのは、銀行のキャッシュカードだった。かわいらしいアニメキャラクターの絵が描かれていて、カードの持ち主の名前は……ぼくの母親だった。

「ど、どしたの？」

「話してるとき、スッた」

「あの、ええと……なんで？」

「お金が必要かと思って」

白雪は高級外車のボンネットから飛び降りた。少しへこんでいた。ぼくも飛び降りた。

地面に降り立つと、白雪は走り出しながら、

「よくわかんないけど、親は、子供の命とか進路とか未来とかは自分のものだと思って口出ししたりするわけだし。そしたら子供は、親の財布は自分のものだとか思っていいんじゃないの」

「そうなの？」

「したたかになれば、きっと、この先も生きていけるよ」

あわてて後を追って走り出したぼくに、白雪はクスクスと笑いながら言い放った。

「巣籠カナは、傷つくのがうまい」

「へっ？」

「だけど戦うのはヘタ。とてもヘタ。自己主張するのも、反論するのも、怒ってみせるのもヘタ。ただ傷つくのだけ、すごくうまい」

「……」

「逃げよーぜ、巣籠カナ」

「……うん」

でも、どこに？

ぼくは口の中だけでつぶやいた。白雪には聞こえなかった。彼女はご機嫌で走り続けている。

「巣籠カナ、このキャッシュカードねぇ……」

走りながらなにかを落とした気がした。カチャン……とかすかな音が、アスファルトの上で響いた気がした。だけど振り返るひまもなかったし、大事なものなんてほとんど持っていなかったので、ぼくはそのまま走り続けた。

いつのまにかまた繁華街に戻ってきていた。白雪は歩調をゆるめ、歩きだした。ぼくに微笑みかけた。

「きっと、愛する娘、カナの誕生日が暗証番号だと思うよ」

「……まさか」

「賭《か》けてもいいよ、巣籠カナ」

ぼくは首を振った。そうかもしれないという気がした。

——賭けなくて、よかった。

本当に、暗証番号は０７２６。

すなわちぼくの誕生日だった。

K

繁華街にある地元銀行のATMコーナーは、平日のみ夜の九時まで開いていた。いまの時間はというと、かなりギリギリの午後八時五十七分だった。信じられないことに、あんな事件を起こして家を飛びだしてから、まだ一時間半ぐらいしか経っていないのだった。時間の感覚を不思議に思った。不思議だ。ぼくはもう一昼夜も悪夢を見続けている気がするのに。

ほんの二時間前までは、いつものように自分の部屋で参考書を開いて、受験勉強らしきことをやっていたのだ。信じられない。

白雪はATMにキャッシュカードを入れると、ぼくの誕生日を聞いてボタンを押した。残高照会をすると、二十万円とちょっと入っていたので、小銭を除いて全額を引きだした。ぼくのコートのポケットにお札をねじこむと、ぼくの手を引っ張った。自動ドアがウィーン……と音を立てて開いた。白雪の手は冷たかった。ぼくまで凍りそうだった。

外はさらに気温が冷えて、なるほど冬だなと感じられた。息が白い煙のようになって、視界に映る夜の町をぼんやりと白濁させた。

白雪が小声でつぶやいた。

「巣籠、カナ……」

「ん？」

「まだ、傷ついてる？」

「う、ん……」

「先回りしてやったぞって思っても、楽にはならないんだ？」

「うん」

ぼくはうなずいた。

白雪はくすん、と鼻を鳴らした。

「よけい傷ついたって感じ？」

「ん……どうだろ」

ぼくは首を振った。二人でゆっくりと夜の町を歩く。酔っぱらいが増えていた。ぼくたちは手をつないで歩いていく。

「ねぇ、大人になったら、もうちょっといろいろ楽になるのかなぁ？」

ぼくがなんとなく聞くと、白雪は首を振った。

「さぁ、なったことないからよくわかんないけど、でも、多分ならないと思う」

「そうだね……」

「傷つかないコツとか、習得できないと思う。できてたらもうやってるんじゃないかな。いろいろと、ずっと、難しいと思う」

ぼくたちは、その町に一つしかない大きな駅に向かった。その駅には特急列車とか、都会に出ていく路線が全部集まっていて、つまりこの町の〝出口〟だった。古びた巨大迷路の出口みたいな感じだ。

ぼくたちは特急列車の自由席の切符を一枚ずつ買って、改札を抜けた。もしぼくが手配されていたとしたら、駅にも刑事さんとかがいて、いきなり腕をつかまれて「巣籠カナさんだね？　ちょっときてもらおう」なんて言われて、白雪ともそれきりになってしまうのではないかと心配していたけれど、そんなことはなかった。ぼくはふと、あんなにも町中を走り回っていたパトカーは本当にぼくを——つまり巣籠カナ十五歳、過失致死未遂罪を——捜していたのかな、と思った。もしかしたら偶然同じ時間に別の事件が起こっていて、それはもっともっと大きな事件で、捜しているのはその犯人のほうなんじゃないか……？

もちろんニュースでもそんな事件は報道されていなかった。ラジオでもケーブルテレビでも、報道されていたのは宇宙船墜落のニュースだ。パトカーが駆け回ってなにかを捜し回るということにはならないだろう。だって、宇宙船はもう谷津凪山の山頂に墜《お》っこちているんだから。

駅のホームは寒かった。ぼくたちはガラス張りの待合室に入った。中は暖房が効いていて、ぼくたちは「あったかいね」と言い合った。

ぼくはふと白雪に聞いた。あの追いかけてきたおじさんの謎めいた台詞《せりふ》について。

「ねぇ、〝あやにょこ〟って、なに？」

「……」

白雪は答えなかった。

聞こえないふりをしていた。

そして、答えるかわりに「——くしゅん」とくしゃみをしてみせた。最初に出会ったとき、ぼくがして、彼女が真似してみせたのとまったく同じくしゃみ。

それから鼻をぐすぐす言わせて、

「急にあったかくなったから、鼻水、出てきちゃった……」

そのとき、ゴーッと音を立ててホームに特急の最終列車が入ってきた。

特急列車は空《す》いていた。

平日の上り最終列車が混んでいるはずはないのだけれど、それにしても怖いぐらいにガラガラだった。ぼくたちはボックス席に陣取って、向かい合って座った。

列車は古びていて、ところどころ錆《さ》びて、鉄の臭いや古い油の匂いみたいなのが入り混じっていた。座席の布もはげてテカテカになっていた。白雪は窓枠に肘《ひじ》を載せて、物憂げに窓の外の暗闇をみつめていた。

急におとなしくなった白雪に、ぼくは戸惑っていた。「お腹、空《す》かない？」「うん……大丈夫」「トイレもあるよ。特急だから」「そうなんだ」「寒い？」「ううん……」

そんな会話が続いた。白雪はなぜか元気がなくなっていた。ぼくは自分がしっかりしなきゃと気を引き締めた。この子、ヘンだし。ときどき冴《さ》えてるけど。ぼくのほうが、頭は冴えてないけど安定感があるもん。

「……あ」

ぼくは小声で叫んだ。

白雪がこちらを見て、どうしたの？　というように首をかしげた。

コートのポケットに入れたはずの携帯電話が、いつのまにかなくなっていた。ぼくは、病院を出て白雪と一緒に走っているとき、カチャン——と、アスファルトの上になにかを落としたような音がしたことを思い出した。

きっと、あのときに落としたんだ……！

ぼくはゴクリと唾《つば》を飲んだ。急にゾッとした。携帯電話がないと、クラスの友達とも連絡が取れないし、自分の体はもう、あの小さな町でひっそりと暮らす子供たちの集合体の端末の一つではなくなってしまうのだった。

ぼくは本当に切り離されて漂い始めたのだと思った。不安は心を乱した。

白雪がくすんと鼻を鳴らした。笑ってるのだった。

「巣籠カナは、悩むのがうまい」

「……そんなことないよ。ただ、携帯落としたから。困ったって」

「そっちに座ってあげよっか？」

白雪が急に、細い右手の人差し指を上げた。ぼくのとなりの空いている席を指差している。ぼくは急に寂しくなって、不安になって、その不思議な女の子にうなずいてみせた。

そして、言った。

「うん、そばにきて」

Vol.3

［ララの銃］

Λ

ぼくが通っていた公立××中学校には、二一世紀はまだきていなかった。男子も女子も、テレビや雑誌で報道されている乱れた厭世的《えんせいてき》な男女交際には内心微妙に憧《あこが》れつつもほとんど縁がなく、耳年増《みみどしま》になっていく知識と、実際に過ごす毎日の生活のギャップに、みんななんとなく戸惑っているような感じだった。

そういえばなぜかその中学校は、女子が家庭科の授業で料理を習っているあいだ、男子は技術の授業でもって本棚とかを作っていた。男子は肉体作業で、女子は家庭内作業だ。石器時代みたい。

しかし、男子と女子の自主的な共同作業もたまにはあった。無記名の性教育アンケートにみんなで嘘を書いたときのことだ。まじめな顔をした担任教師が配ったプリントには、「性経験の有無」「年齢」「回数」「相手の年齢」などを書くことになっていた。マルバツじゃなくて字で書かなきゃいけなかったから、無記名でも筆跡で誰だかわかってしまう。大人はずるいし、そのくせ頭が悪い。

全員で利き手じゃないほうにシャーペンを持ちかえて、嘘ばかり書いた。全員、耳年増だから、よけいなことをたくさんたくさん書いた。あれ、すごく楽しかった。その結果、クラスには性経験豊富なビックリ中学生が溢《あふ》れていることになってしまった。

もちろんジョークだった。アンケート用紙の最後には、見えないインクで「……なんちゃって」と書いてあったはずなのだ。

ところが一週間後。なんと、そのアンケート結果が教育委員会で大問題になった。ぼくたちの罪のないジョークは、地元ケーブルテレビのニュースで流れることになってしまった。

都会から呼ばれた若い怪しげな評論家が、アナウンサーのとなりに座っていた。気味の悪い半笑いで、なんだかへんな顔だった。

「……この結果によると、××市の中学生の七割が性経験があり、その相手は複数。しかも男子も女子も、相手は年上の大人だったり、しょ、しょ……小学生だったり……。こ、この性の乱れをどう考えられますか……」

子供の代弁者というより、自分がすでにいい大人だって認めたくないだけの駄々っ子みたいなその評論家は、喜んで話しだした。曰《いわ》く、中学生で性経験があるなんて当たり前だの、子供扱いするなだの、なんだのかんだの……。自分は子供のことをよくわかっている大人だ、つまり〝名誉白人〟ならぬ〝名誉子供〟だ、みたいな優越感ばりばりで話す彼への悪口、罵詈《ばり》雑言《ぞうごん》が、その夜、ぼくたちみんなが書き込む××中のネット掲示板に溢れかえった。

名誉子供ならすぐわかるはずなのになぁ。ぼくたちが嘘をついたって。あんなアンケートに素直に本音を書き込むわけがないって。ぼくたちのほとんどは耳年増なだけで、当たり前に未経験で、アンケートにあんな嘘を書くのは、水道水を入れたコンドームを振り回して遊ぶのと同じだって。黄色い救急車の噂も、性に関する噂も、同じぐらいの感覚で流れてるんだって。

そう、ぼくたちは笑いあった。

その幻想の共同体であるネットワークに、ぼくはもういない。

もちろん家にもいなくなって、学校からもいなくなったわけだけれど。

だけどぼくにとっては、見えないネットワークから外れたことのほうがなぜだかショックだった。寂しいような、不安なような、自由なような。

そんなぼくのとなりで、白雪《しらゆき》もしゅんとしていた。

ぼくの悲しみが伝染《うつ》ったかのように、青い瞳《ひとみ》を細めて体を縮こまらせていた。

M

「眠っちゃった、白雪?」

「……ううん。ぜんぜん起きてる」

「もうすぐ東京に着くよ。あと二十分ぐらい」

「おっけー。でも東京ってなに？」

「自分で、東京に行こうって切符買ったじゃん。忘れないでよ。東京ってのはねぇ、犯罪都市。大都会。悪の巣窟《そうくつ》」

「ほんと？」

「うん。ぼく、何度かきたことあるもん。買い物とかコンサートとかで」

「カナ、すごーい」

「東京にはねぇ、へんな人いっぱいいるよ」

「どんな？」

「たとえばねぇ、賞金稼ぎとか、少女娼婦《しょうふ》、太古から受け継がれた呪術屋《じゅじゅつや》、最後の一匹になってしまった狼人間、ビルに隠された巨大樹、それに……」

「すごーい！」

白雪がガバッと起きあがった。ぼくはあきれて、

「……そんなわけないじゃん。それはお話。お話の中の東京。なんで急に起きたの？」

「カナの話がおもしろかったから」

そう言うと白雪は微笑んで、また座席に深く深く座りこんで瞳を閉じた。特急列車は相変わらずガタゴトと大きく揺れながら走り続けていた。

白雪がやがてそっと瞳を開いた。

座席の向かい側の背もたれ辺りをぼんやりとみつめていた。なにか考え事でもしている

らしかった。しばらく放っておいたけれど、あまりにも長いあいだ黙っているので、ぼくは話しかけてみた。

「なに考えてんの？」

「わたし、誰？　って」

「……それはこっちが聞きたいよ」

白雪はぼくのその答えになぜか大爆笑した。笑うようなことじゃないと思うけど、とぼくはクサッた。白雪は笑いながら切れ切れに、

「だってわたし、いろいろと覚えてないし。どうしてあんなところにいたんだろうとか、銃持ってるしとか、名前もわかんないしとか。困るし、こういうの」

「……」

ぼくは、それは本当かなぁ？　と少し疑う気持ちになった。

だって、本当に記憶喪失でなにもかもよくわからなくて、怪しい恰好《かっこう》で倒れていたら、やっぱり不安だ。こわい。とにかく警察に助けを求めるんじゃないかと思う。いきなり逃げるなんて。それに、追いかけてきてなにか言いかけたおじさんをいきなり撃退して、さらに逃げたし。

白雪は本当は……。

そこまで考えて、ぼくは、となりにいる彼女の横顔が不安そうに陰っていることに気づいた。小声で何度も「わたし誰なんだろ？　誰なんだろ……？」とつぶやいては、唇をき

つく噛《か》んでいる。ぼくはとりあえず疑うのをやめて、

「なにか覚えてることは？」

「うーん……」

白雪は首をかしげた。赤茶けた長い髪がふわりと揺れた。

それから彼女は、ポケットから銃を取りだした。硬い輝きにぼくは少し緊張した。白雪はそれを無造作にくるくると玩《もてあそ》びながら、

「……ない」

「そっかぁ」

ぼくはうなずいた。

列車は揺れ続けている。

「……ねぇ、白雪、あの超音波みたいな声はなに？」

「超音波？　なにそれ」

「……いや、いいや」

ぼくは黙った。

やっぱり聞く。

「ケンタウロス第七星系がどうのって言ってたのは、なに？」

「あ！　それはね」

白雪の顔がパッと輝いた。口を開くとまたよどみなく宇宙の話をし始めたけれど、なぜ

か今度は、なんだか科学雑誌の固い記事を読み上げるような口調だった。

「四つの長楕円軌道惑星《エキセントリックプラネッツ》を持つケンタウロス第七星系は半径約百光年の巨大星系で、半径約七十光年の第五星系ととなりあって宇宙に浮かんでいる。その第一惑星タウーは青白いカリスト大地に覆われ、その地表に文明の存在を確信させる建造物が浮かんでいる。一方第五星系では、巨大な地引き網状の躰《からだ》、いや意識体を持った生物の浮遊が確認されている。両者のあいだには、文明の円熟期にはなかった諍《いさか》いが起こり、それは星系自身の寿命とも……」

……そのよどみない宇宙の物語に、ぼくは辟易《へきえき》した。彼女が話すことの半分もぼくには理解できないのだった。困りながら、ぼくはふと、宇宙といえば……と思いだした。

あの、谷津凪《やつなぎ》山に墜《お》ちた未確認飛行物体のニュース。

それは宇宙船で、炎上していて、青い瞳の宇宙人が逃げだしたという噂。

町中を走るパトカー。何台も何台も出動していた。なにかを捜していたんだ。

いや、宇宙船ではなく隕石《いんせき》だ……。

ちがーう、アメリカ軍の戦闘機がこっそり飛んでて、うっかり墜ちたんだ……。

……よどみなく語り続ける白雪の横顔を、ぼくはじっとみつめた。彼女の瞳はなんだか最初に逢《あ》ったときよりも青みが増して感じられた。青い瞳の記憶喪失の少女。裸で凍っていた。どこか奇天烈《きてれつ》な言動の数々。そしてケンタウロス第七星系の物語は終わりそうにもない。

ぼくは「ちょいと、ちょいと」と、白雪の二の腕をつついた。白雪は「やだ、くすぐったぁい」と、お菓子みたいな甘ったるい声を上げた。ぼくは真顔で、

「——白雪って、宇宙人なんじゃないの？」

「……あら、バレた？」

白雪も真顔で答えた。

ぼくたちはじっとみつめあった。

ゴオォォォォォ……！

激しい音を立てて列車がとつぜんトンネルに入った。車内はとつぜん真っ暗になって、大きな音が耳をつんざきそうだった。ぼくはふと、この列車で東京に出る線路にトンネルなんてあったっけ、と思った。なかったはずだな……。ぼくはそれがトンネルではなくて

二度目のブラックアウトなのだと気づいた。だけどこれはトンネルを抜けるときに似てる。すごく似てる……。

はやく着かないかな……。あの、賞金稼ぎと少女娼婦と狼人間と太古の呪術屋の町、ぼくが生まれるずっと前からすでに二一世紀がきていた町、お話の中の近未来都市、東京に。

……ォォオオオ！

ひときわ大きな音を立てて、トンネルに似たブラックアウトは終わった。ぼくの視界がもとの明るさを取り戻した。と、となりの席で……。

白雪が……。

大爆笑していた。

つられてぼくも大笑いした。自分でウケた。だけど白雪のほうが笑っていた。もうそれは笑いの発作とでもいうべきもので、笑いすぎて息ができなくなって、白雪は楽しそうだけど、苦しそうだった。青白かった肌がかすかに上気して、大きな瞳《ひとみ》はつやつやと潤んでいた。体を二つに折り曲げて、下からぼくを切なそうに見上げている。ぼくも笑いながら白雪を見た。

どちらからともなくやがて笑い終わった。白雪はとつぜん真顔に戻った。不機嫌そうに唇を尖《とが》らせて、ムキになって言った。

「……そんなわけないじゃん！」

「だよね」

「……うん。わたし宇宙人なんかじゃないよ」

自分に言い聞かせるような、小さな声だった。

そしてそれきり、白雪はなぜか黙っていた。


あるはずのないトンネルを抜けてからほんのわずかで、列車は東京に着いた。しつこいようだけど、賞金稼ぎと少女娼婦《しょうふ》と狼人間の町、東京に。ぼくは、慣れない様子ですっかりおとなしくなってしまった白雪をリードしながら、東京駅に降り立った。

ぼくたちは切符を自動改札に入れて、外に出た。白雪は自動改札を初めて見たらしく、おたおたして何度も失敗した。ぼくは改札の外から大きな声で指示を出した。ようやく白雪が改札を抜けると、二人で東京駅の地下を歩きだした。

白いタイル。

低い天井。

どこまでも続く、角、角、角、廊下。

コーナーごとにあるダストシュートや自動販売機。

まるでダンジョンだった。ダストシュートを開けたり自動販売機を動かしたら、武器や薬草をみつけそうだった。

夜は東京にたどりついた。この夜はもう終わらないかもしれない。明けて朝はこないかもしれない。朝はあの町……××市においてきてしまったのだ。携帯電話と一緒に。

ネットワークは途切れて、ぼくは漂いだしたのだ。

N

「ねぇ、どうして何度も振り返ってるの、巣籠カナ」

「いや、誰かが尾《つ》けてきてるような気がして……」

「うそ!? どこどこ！　どんなやつ？」

「メン・イン・ブラックみたいな黒いスーツの男」

「……それも、お話の中の東京な、カナの一人遊び？」

「ちがうってば。さっきから、振り返ると、黒ずくめの男の人がいるんだよ。同じやつかはわかんないけど、でもさ、真っ黒なスーツなんて普通、着る？　お葬式帰りの人ならわかるけど、振り返るたびにいるのってなんだかさぁ……」

「気になる？」

「そりゃ、だって……」

「だって？」

「ぼくたち犯罪者じゃん」

「カナはね」

「……白雪だって」

「なに罪？」

「ええと……あやにょこ罪？」

「ばーか。よし、気になるなら走ろ！　スタート！」

「うわずるい。走りだしてからスタートって言った！」


――ぼくたちは東京駅を出て外の道路を走りだした。駅の地下はまるで未来の宇宙港みたいにしんとして、人工的で、たくさんのホームや改札やらが内包されて、それに乗ればなるほど日本中のどこにでも行けるような様相だったけれど、ぼくたちには逃げたい現象があるだけで、行きたい場所があるわけではないのだった。大きな通りに出て、タクシーがたくさん停車しているその道を、ネオンや酔っぱらいをかき分けるようにして走り続けた。白雪は走っているうちにハイになってきたみたいで、うれしそうに笑いながらこちらを振り返り、

「カナ、遅ーい！」

「ちょっと待ってよ、宇宙人！」

「……！」

はしゃぎながら走っていた白雪が、ぴたりと止まった。

それから、追いついたぼくの顔をゆっくりと振り返った。

真剣な表情だった。ぼくはキョトンとした。

「ん？」

「……宇宙人じゃ、ないってば」

「冗談だってば」

「だって記憶ないし。カナが宇宙人宇宙人って言ってたら、わたし自分でもそんな気がしてきちゃうと思うし」

ぼくたちは歩きだした。ネオンの輝きはここもまた夜の町なんだと認識できた。時折、きれいに着飾ったおねえさんたちが、酔っぱらったハゲ社長とかを見送りに出てきては、嬌声《きょうせい》を上げていた。ハゲ社長はどのハゲ社長もご機嫌だった。白雪は不機嫌だった。

「じゃ、白雪。ケンタウロス第七星系の話は？」

「……わたし、きっと天文部だったんだよ。天文部の副部長」

「なんで副がつくの？　それに、ケンタウロス第七星系なんてあったっけ？」

「はて？」

白雪は首をかしげた。

人ごとみたいに「はて？　はて？　あるのかなぁ……」とつぶやきながら歩いている。

それから背後を振り返って、きょろきょろした。

ぼくに向かって微笑みかける。

「もう、いないよ」

「いないって？」

「メン・イン・ブラック」

「あぁ、宇宙人の追っ手ね」

——ゴチン！

いきなりオデコを叩《たた》かれた。ほっそりした白雪の手は、骨っぽいのか、意外なぐらい痛くてちょっと涙が出た。

「いったーい！」

「宇宙人じゃありません。これは記憶喪失です」

「なに威張ってるの？　記憶喪失のほうがえらいの？」

「当たり前じゃん」

白雪はポケットから無造作に、黒光りするあの大きな銃を取りだした。周りは酔っぱらいときれいなおねえさんがだいぶ少ない街角にきていて、時折通り過ぎるタクシーやバイクのテールランプが少し眩《まぶ》しかった。ぼくはあわててその銃を自分の体で庇《かば》うように隠した。

「そんなの、出しちゃダメだよ」

「どうして？」

「武器だから」

「……これさぁ」

白雪は無造作に銃を握ったままつぶやいた。

不安そうな声だった。

「よくわかんないけど……記憶、ないし……でも多分………わたしのじゃないと思うんだ」

「どうして？」

「握った感じ。わたし、こんなもの持ってなかったと思う。手がこの感触に慣れないんだよ。それでちょっと怖い感じ」

「うん……」

「わたし、どうしてこんなもの持ってるんだろ？　これ、なんなんだろ？」

白雪はつぶやくと、ちょっと落ちこんだようにうつむいた。今度はのろのろと歩きだす。

ぼくはふと閃《ひらめ》いた。

「ねぇ、宇宙人」

「なによ、家出少女」

「アキバ行こう、アキバ」

白雪は顔を上げた。

【Ξ】

――ぼくはその瞬間まですっかり忘れていたのだけれど、東京駅から一キロもない場所にその街はあったのだった。行ったことはないけど、電脳戦士から話だけは聞いていた。ゲームとかオモチャとかマンガとかの国があるって。なんだかたいへんなことになっているって。

ぼくは銃とかにはまったく詳しくなくて、だからその時点で白雪に言えることなんてなにもなかったのだけど、ただ、あの国に行けば詳しい人に会えるにちがいないと思いついた。火器戦士がいるにちがいないのだ。そしたら白雪が持っているでかい銃のことも少しはわかるかも。

ぼくはそう白雪をかき口説いて、秋葉原《あきはばら》に向かうことにした。白雪はというと、自分のためにぼくが一生懸命になっているというのに、

「え～。疲れたよ～。す～わ～り～た～い～！」

「……小学生じゃないんだから」

「す・わ・る！　す・わ・る！　す・わ・る！　秋葉原なんて、遠いよ～」

じつはぼくたちはとっくに秋葉原についていたのだけれど、白雪はそれに気づかず、大きな声でかわいらしいシュプレヒコールを続けていた。夜中だというのにその街はまだ明々とネオンが輝いていた。夜の街だ。でも、ぼくたちが逃げてきたあの町のプチ歌舞伎《かぶき》町《ちょう》とも、さっきまでのハゲ社長の町ともちがって、ここは妙にネオンが透き通っていた。

毒々しさが不思議になくて、ぼくはなぜだかざわついていた心が落ちつくのを感じた。うれしそうになったぼくを、白雪が睨《にら》んだ。

「……カナは楽しそうだね」

「あのね、遊びにきたんじゃないってば。ええとね……」

大きな通りに出ると、キラキラとした看板の輝くビルがたくさんぼくたちを見下ろしていた。ようこそ、この国へ。だけどビルのほとんどはもう閉店していて、明日きなさいよーというようにつれなくシャッターが閉まっていた。

「うそだよ。カナはじつはゲームを買いにきたんだよ」

「ちがうってば！……あの、ちょっとすみません」

ぼくはちょうど道の反対側から歩いてきた男の人を捕まえた。まさに捕まえたというニュアンスだった。両手に大荷物──箱がたくさん詰まった紙袋だった──を抱えたその男の人は、いきなり物陰から出てきたぼくに、仰天して立ちすくみ、なぜか紙袋を降ろすと両手を上げたのだった。いや、おいはぎじゃないってば。

「あの、このへんに銃とかの専門店ってないでしょうか？」

「……いや、オレは専門外だから」

男の人は両手を降ろすと紙袋を持ち直した。それから、角を曲がって歩いてきた四十歳過ぎのおじさんを指差すと、

「彼ならおそらく詳しいんじゃないの？」

「……ああ」

なるほど。そのおじさんはタクティカルベストにアーミーパンツを穿《は》いて、大股《おおまた》でのし

のし歩いていた。紙袋の人にお礼を言うと、ぼくはそのおじさんに声をかけて、同じ質問をした。

　おじさんはびっくりするぐらいの早口で、いくつかの店名と店の特色を教えてくれた。早口だけれどとても丁寧な口調だった。となりで白雪が、一言も聞き取れないというように目を白黒させていたけど、ぼくは平気だった。電脳戦士は、ゲームの技の話を始めると次第に加速して、これぐらいの早口になるのだ。ぼくはおじさんにお礼を言うと、白雪の手を引っ張ってまた歩きだした。

　――横道を曲がり、小さな雑居ビルをみつける。

『ブラック・パイレーツ』という看板が出ているのを確かめて、薄暗くて狭い階段を上り始めた。白雪も後ろをついてくる。白雪はまだぼくを疑っていて、

「巣籠カナは、ゲームを買いにきたんだ。

「そんなことないよ。もぅ、文句言わないで。早く早く」

「つ～か～れ～た～」

　白雪はシュプレヒコールを続けていた。

　ぼくたちは雑居ビルの七階にある『ブラック・パイレーツ』にようやくたどりついた。

　エレベーターもない雑居ビルの七階にお客さんがきてくれるなんてすごいことだと思った。

　店の入り口には段ボールがたくさん積んであり、開きっぱなしの自動ドアには、張り紙ではなくて直接ガラスの上にマジックで〈故償中〉と書いてあった。あぁ、しかも字がまち

がっていた。〈故障〉だってば。もぅ。

ぼくは怯《おび》えて妙に静かになった白雪を従えて、開けっ放しの自動ドアから店の中に入った。

入ってすぐのところにもう床までガラス張りの窓があり、秋葉原の大通り側に面した窓からネオンの輝きが目に飛び込んできた。ウナギの寝床みたいに横長の設計らしく、入り口の横に小さなレジがあって、店員らしき若い男の人が座っていた。

レジの前に、女の子が——

いや、まちがえた。多分……男の子だった。ぼくたちと同じぐらいの年齢の、小柄で線の細い子が立っていた。穿き古したジーンズに、赤いスカジャン。髪の毛はおしゃれじゃなくて伸ばしっぱなしになったので後ろで結んだよ、というようなスタイルで、目も鼻も口もあっさりとして整っていた。小綺麗《こぎれい》だけど、覚えにくそうな人相だった。色白でほっそりして、女の子だとしたらなかなかかわいらしい子だった。男の子だとしたらちょっと問題だった。

その子はこっちを見て、店員でもないのに、というか愛想のない店員の代わりに、

「……へい、いらっしゃい」

お寿司屋《すしや》さんみたいな声をかけた。その声は女の子みたいなソプラノで、ぼくはまた、この子が男か女か迷い始めた。

白雪がビビッて店から一歩出てしまった。

　その白雪がポケットの中で握っている銃が、チラリと見えた。お寿司屋さんみたいな挨《あい》拶《さつ》をしたその子は、とたんに目を輝かせた。そしてつぶやいた。

「あ、ララの銃」


——こうしてぼくたちは、火器戦士、千晴《ちはる》に出会った。

○

「なんだって。デザート・イーグルか！」

「あれを二挺《にちょう》持たせて撃たせるのには無理があるよな。オレでもひっくり返る自信がある」

「どんな自信だよ。あ、マジでデザート・イーグル。しかも女の子が持ってる」

　——店の奥から大人の男の人が三人、のしのしと出てきた。全員大柄で、なぜか色違いのタクティカルベストを着ていた。赤いライン入りのと緑のライン入りのと、黒のと。

　白雪がビビッて、ぼくにむりやり、その〝デザート・イーグル〟と彼らに呼ばれた銃を押しつけた。ぼくは、

「あの、これって……」

　本物じゃないですよね、と質問しようとした。

だけどそのときにはもう、彼ら五人——色違いのベストの大人たちと、店員と、それからあの小柄な子——は侃々諤々《かんかんがくがく》、好き勝手にしゃべりだしていた。どうやらこの銃の機能美とイスラエル軍の話をしているらしかった。

「あの……」

「だけど五十ミリ口径じゃ、かなりの近距離じゃないと当たらないから」

「あの〜……」

「バーカ、千晴。近距離戦のために開発された銃じゃねぇか」

「あ、あの……っ！」

「そんなこととイスラエル軍は一言も明言してませんー！」

「ちょっと聞いてよ！」

ぼくがついに怒りだすと、彼ら——大人四人と例の子は、ビックリしたように振り返った。すっかりぼくたちのことなど忘れていたようだった。ここまでの会話でぼくにわかったのは、この銃の名前がデザート・イーグルというものだということと、この子の名前が千晴ということだけだった。不十分だよ。

「あの、デザート・イーグルって……」

「あ、ちょっとトイレ」

千晴が挙手した。どうやらすごくマイペースな子らしかった。さっきから、大人四人を相手にまるで同等に会話していたし。ぼくは大人たちを前にこんなに堂々と議論する自信なんてぜんぜんない。変わったやつぅ……と思いながら、ぼくは、どうやら店の外にあるトイレに向かうらしい千晴に、道を空けた。

店内はたくさんの箱が所狭しと積まれていて、あとはモデルガンらしき黒光りする銃がたくさん陳列ケースに並んでいた。パイナップルを小さくしたような鉄のかたまりとか、よくわからないものもたくさん並んでいた。地震がきたら一発でヤバそうな店内だった。

ぼくの横を通り過ぎながら、千晴がビシリと銃を指差して、

「ララ・クロフトの銃ね」

「……トゥームレイダーの？」

「知ってんじゃん」

「し、知ってるよ！」

通り過ぎた千晴が、振り返って、

「ゲームのほうのね」

なぜかとても大事なことなのだというように念を押した。ぼくと白雪は怪訝《けげん》な表情を浮かべて顔を見合わせたけれど、店内の大人たちは、まったくその通りだというようにうなずいていた。

千晴はぶらぶらと……男子トイレに入っていった。やっぱり男の子だったらしい。わっかりにくい子だな……とぼくは思った。

と、しばらくして……。

「……………………………………ちょぉっと、待ったぁぁぁ!!」

トイレの中から絶叫が聞こえてきた。

千晴の声だ。ぼくたちはキョトンとしてトイレの出口をみつめた。千晴が転がり出てきた。ぼくに突進してくる。銃を指差して、

「おまえ、それ、えっ……」

「ん？」

「それ、本物じゃん！　なにしてんの！」

Ⅱ

『ブラック・パイレーツ』店内は騒然となった。……騒然と言っても、ぼくたち以外は五人の男たちしかいないわけだけど、それでも全員がなぜか銃口を覗《のぞ》いては、口々に本物だ、本物だと叫んだ。

白雪は怯えきって、

「どういうこと？　巣籠カナ、これ本物なの？」

「……みたい。モデルガンじゃなかったんだ……」

騒ぎ始めた男たちは、しかしまたもや論点がずれていってしまっていた。銃を握りしめて硬直しているぼくと、その背後に隠れている白雪を指差しながら、

「戦闘美少女というものはだね……」

「黙れ、黙れ。オレが話す！」

わーわーと激論になる大人たちを尻目《しりめ》に、千晴だけがそうっとぼくに近寄ってきて、おそるおそるその銃に手を伸ばした。ひんやりとした黒いそれに触れると、電流でも走ったかのようにビクリと体を震わせる。

ぼくはこの子に聞こうと思って、

「あのさ、これって本当に本物？　だとしたら、どこでどんな人が手に入れる、も、の…………」

……甘かった。

つぎの瞬間には千晴もまた、激論に背中から吸いこまれるように、振り返ってしゃべり始めたのだ。

しゃべっていた大人を黙らせて得々と持論を展開し始める。ぼくは大人顔負けの千晴の背中を、銃口でもってつんつんつついた。話に夢中になっている千晴は驚く様子もなく、チラリと振り返って、

「なに？　ちょっと待ってて。いましゃべってるから」

白雪が横から口を出した。

「これってどうやって撃つの？」

ぼくは白雪に銃を渡した。興味深そうにひっくり返したりしている白雪に、ぼくは手近な窓によりかかって「気をつけなよ。本物らしいし」と声をかけた。白雪は心ここにあらずといった様子でうんうんと適当にうなずいた。

窓から外を見下ろすと、黒いサングラスをかけたいかにもヤクザ然とした男が、タクシーを降りて歩き始めたところだった。舎弟っぽい若い男も後をついてくる。ヤクザがこの国になんの用だろう？　やっぱり武器とかの調達だろうか？　ぼくは首をかしげた。視線を感じたようにヤクザが顔を上げたので、ぼくはあわてて目をそらした。

店内では、話を邪魔された千晴が、ちょっと面倒くさそうに白雪に向かって説明していた。

「ここがスライド。これを引くと、銃身に弾《たま》が一発送りこまれる。それで……」

「こう？」

——ガチャッ！

ふいに、心臓を冷えた鉄の棒かなにかでつつかれたような気がした。それは硬質で、冷たくて、とても人工的な……精密な武器だけが持つおそろしい音だった。ぼくは怖くなった。それはとても怖い音だったのだ。

「それで準備完了。撃つときはここ、このトリガーを……」

「これ？」

「そう。それを引くと……」

白雪が、トリガーにかけた細い白い指を、引いた。

——ずきゅうぅぅぅぅぅぅぅーん！


耳が……。

鼓膜が、破裂した……

と、思った。

白雪を中心に、あり得ないほどの轟音《ごうおん》が一発、響いた。ぼくはポカンと口を開けてそちらを見た。まるで鏡を見たように、自分とまったく同じ表情を浮かべて立ち尽くしている千晴と目が合った。火器戦士は、文字通りびっくり仰天していた。ぼくも同じだ。

そしてつぎの瞬間、ぼくのすぐ近くでパリーン……とガラスの割れる音がした。窓のほとんど足元と言えるほど下のほうが、派手に割れた。破片が飛び散って、その破片一つ一つに外のネオンが映し取られていろいろな色に輝いていて……きれいだった。

「……………きゃうん！」

はるか下の通りで、小犬のような鳴き声がした。

窓にへばりついて見下ろすと、さっきのヤクザが、右足のさきっちょを押さえてのたうち回っていた。

「きゃうん、きゃうん！……いってぇぇぇぇぇ！」

「あ、兄貴ぃ!?　だ、だ、誰じゃぁぁぁ！」

……ぼくはあわてて顔を引っこめた。

それから店内に向き直った。

ぼくは千晴と同時に、同じことを、叫んだ。

「どうして、撃つの!?」

しかし、その場に……。

白雪はいなかった。

P

――白雪は吹っ飛ばされていた。

両手でぎゅううっと銃を握りしめたまま、開きっぱなしの自動ドアから店の外に、まるで巨人に張り手をくらったかのように吹き飛ばされて、尻餅《しりもち》をついていた。銃を握った両手は硬直して、青みがかった瞳《ひとみ》にはちょっと涙が浮かんでいた。あわてて抱き起こそうと外に出ると、千晴もついてきた。

店内から男たちの声が聞こえてきた。

「ほら見ろ。やっぱ、女の手に五十ミリ口径じゃこうなる」

「だけどララは鍛えてるから」

「二挺《にちょう》だぜ？　ムリムリ。だからやっぱ、映画はさ……」

抱き起こした白雪を、ほっぺたをぺちぺちやって正気に戻そうとした。白雪は頭を床に強く打ちつけたらしく、脳震とうでも起こしたのか、しばしキョトンとしていた。

目を開けて、抱き起こしているぼくの顔をじぃっと見る。

誰ですか？　みたいな表情を浮かべて。

それから、小声で、

「あれ、ここ……？　わた、し……」

それは白雪らしからぬ、どこか丁寧でお嬢さまじみた声だった。その顔つきもなんだかはにかんだようなお上品なものだった。ぼくは戸惑って、

「白雪、大丈夫？」

「えっ……白、雪？」

彼女はキョトンとしてぼくを見上げた。

そのぼんやりとした顔に、ぼくはハッと気づいて、

「白雪？　もしかして、あれ？　頭打ったから記憶が戻ったとか？　なに？　なんか思い出した？　ねぇ！」

ぼんやりとしていた顔に、次第に表情が戻ってきた。

それからなにか思い悩むように目を細め、しばし考えこんだ。

白雪の表情は、なにかせめぎ合っているかのような不思議なものだった。二つの感情が寄せては返しているように見えて、ぼくは怪訝《けげん》な顔になって彼女を覗《のぞ》きこんだ。白雪は、でも、うつむいて首を振った。

それから顔をあげた。そしてちょっと棒読みで言った。

「なに言ってんの？　巣籠カナ。わたしは宇宙人だってば」


雑居ビルの前の通りは大騒ぎになっていた。パトカーのサイレンが近づいてきた。ぼくは白雪を助け起こすと、銃をポケットにしまわせて、階段を降り始めた。千晴もついてきた。二人で、足元のふらつく白雪を支えて階段を降りていく。

外の通りに出る。大通りのほうを覗くと、パトカーから降りてきた警察官が二人、きゃうんきゃうんと騒ぐヤクザを取り巻いていた。警察官を見た瞬間、ぼくはビクリと体を震わせた。千晴がそれに気づいて、不審そうにぼくと白雪の横顔を盗み見た。

警察官がこちらに歩いてきたので、とっさに野次馬を装った。「なんだろねー」「人、倒れてる」「交通事故？」などと言っていると、警察官が千晴の頭をこつんと叩《たた》いて、

「こら、おまえら中学生だろう。早く帰れ」

「えぇー!?」

千晴が不満そうに反論した。

「渋谷《しぶや》とか原宿はダメだけど、ここは夜中までいてもいいんじゃないの」

警察官が不思議そうな顔をした。

「なんでだよ？」

「だって、いくらいたって不良にならないし」

「そりゃまぁそうだけど、とにかくダメだ。終電で帰れよ。あと、小遣い使いすぎるな」

警察官はとってつけたように短い説教をすると、離れていった。


「どういうこと？　君ら、なに？」

近くのファーストフード店で、千晴にコーラをおごった。ぼくも白雪も夕御飯を食べていなかったので、注文したハンバーガーとポテトをもりもりと食べた。千晴は不満そうなふくれっ面をして、ひたすら食べているぼくたちを睨《にら》んでいた。

穿《は》き古したようなジーンズには、右膝《ひざ》に穴が開いていた。そこから、まるで女の子みたいな華奢《きゃしゃ》で白い膝小僧が覗いていた。赤いスカジャンを脱ぐと、水色をしたチェック柄の、やっぱり着古したようなシャツを着ていた。

まだ子供みたいな、ほんとに女の子で通用しそうな容姿と声だった。だけどよく見ると、口の減らない男子に特有の、斜めにピッと線を引いたような薄い唇をしていた。ぼくは睨んでいる千晴に肩をすくめてみせて、

「説明すると、長ーくなる」

「それはいやだよ。短くして」

ぼくはハンバーガーを食べ終わり、コーラをぐびっと飲んだ。それからポテトを一本つまんだ。白雪はまだハンバーガーをかじっている。どうやらファーストフードに入るのは初めてらしく、さっきからひっきりなしに「これっておいしいの?」「どうなの、巣籠カナ?」と小声で質問してくる。

ぼくは睨んでいる千晴に言った。

「ぼくこと巣籠カナは、セクハラ親父をKOして家出した、逃亡犯。こっちの通称、白雪は、なんだかわかんないけどゴミ箱の中でララの銃を持って倒れてて、記憶喪失」

「……」

「あと、この子はもしかしたら宇宙人の可能性もある。終わり」

千晴は二、三秒のあいだ硬直していた。ぼくとじっとみつめあっている。

それから千晴は、ソファからズルッと半分ほどずり落ちてみせた。

Vol.4

［秘密基地］

もしかしたら女の子らしからぬ記憶かもしれないけど、小さい頃、秘密基地ごっこに凝っていてやたら遊んだことをよく覚えている。

Σ

小学校低学年の頃だったと思う。仲間もみんな女の子だった。場所は谷津凪山《やつなぎ》。そう、巡り巡っていま、宇宙船が墜落して全国的に有名に、多分だけどなっている山だ。ぼくたちは麓《ふもと》にあるだだっ広いだけの野原の隅に、段ボールとか剝《は》げ剝《は》げのカラーボックスとかで小さな小屋を作った。そこにマンガとかドールとかおもちゃのネックレスとかを持ち込んだ。お互いを呼ぶときは必ず名前に「姫」をつけた。ぼくは「カナ姫」。……なにやってたんだろ？

とにかく姫たちはそこで日が暮れるまで遊んでいた。ところで野原の反対側のはじっこには、真っ白に漂白されたような、美しい猫の白骨死体が転がっていた。けして飼い主に死に際を見せないと言われる猫の、野原の奥で死んでいるその白骨は、とてもクールで大人びて見えた。ぼくたちはその白骨に敬意を表して、ぜったいに触らないし、なるべく見ないようにしていた。だからあの白骨はいまでも谷津凪山の麓にあると思う。夜露に濡《ぬ》れて真っ白に輝いていると思う。

じつを言うと白雪《しらゆき》を最初にみつけたときに連想したのはこの猫の白骨死体だったのだけ

れど、それは黙っておくことにしたのだった。きれいっていっても、白骨死体って微妙だし。

ところで谷津凪山の一方には、ぼくたちが後に通うことになる公立××中学校の灰色の校舎がそびえ建っていた。そして反対側には、さらに灰色の××精神病院が林の木々に埋もれるように建っていた。ぼくたちはそれに触れないように過ごしていたけれど、それでも噂は後を絶たなかった。曰《いわ》く、逃げた患者の集落が山の奥にあるとか、どこも悪くないのに収容されてしまったかわいそうな女の子がいるとか。しかし実際、患者が脱走したりすることはときたまあったらしくて、いつだったか母親が「パトカーが何台も出動して、逃げた患者を捜してたわよ。女の子一人におおげさねぇ……」などと噂していたことがあった。それはどうやらAAクラスの危険な患者らしいという話だった。

しかしそんなことには関係なく、ぼくたちの秘密基地ごっこは、季節を一巡りするぐらいのあいだ、続いた。春に始めて、盛り上がってきて、冬がきたら寒くなったので盛り下がり、みんな家に集まるようになった。姫遊びもやめた。だけどあの当時、ぼくは密《ひそ》かにこんなふうに思っていたのだ。

もし、この秘密基地から帰らなかったら、どうなっちゃうのかなぁ――？

やがて夜がきて、また朝がきて。べつの日が始まる。でもぼくは秘密基地にいるから、日常が始まるわけじゃない。べつの日に入ってしまったら、もう帰れなくなるかもしれない。

だから帰らないといけない。夜になる前に、秘密基地から家に、帰らないといけない。

どこかに行きたいとか、平凡すぎる日常をこれ以上続けたくないとか。いろんなことをその後もときどき考えていた。だけどそれから逸脱するのは、思ったより簡単なのだった。ほんの一歩ずれたら、そのまま石が転がるようにどこかに滑り落ちていく。普通のことなんてあっけない。

ぼくはいま、秘密基地から帰らないままやってきた、不思議な夜の中にいた。

T

「君らは、なんでついてくるわけ？」

「当てにしてるから」

「なんでだよ。知らない人なんですけど？　ねぇ、どこまでついてくるの」

白雪がどんどん歩いて、夜道を歩いていく千晴を追いかけていた。ぼくは白雪の思わぬ粘り強さに戸惑いながら、

「ねぇ、迷惑なんじゃないの……？」

白雪をつついたり袖《そで》を引っ張ったりを続けていた。

その白雪はと言うと、千晴に金魚のフンのようにくっついて騒いでいた。

「この子になんとかしてもらおうよ」

「どうして？　だって男の子だし……」

「わたしが代表して頼むから。あのね、率直に言うけど」

千晴がこっちを振り返り、聞いた。

「率直に言って、なんだよ」

「泊めて。頼む」

「……男らしくきっぱり言うなよ。困るよ」

「ララの銃、持ってるのに？」

「あぁ！　それを言う？　それを？　うーむ……」

千晴は悩み始めた。

ぼくたちが歩いているのは、秋葉原から地下鉄に乗って少し郊外に出たところの住宅街だった。駅の周辺だけは明るくてお店も多かったけれど、少し歩くと途端に静かになった。千晴は猫背気味に、アスファルトを睨《にら》みつけるようにして歩いていた。

千晴の名前は水前寺《すいぜんじ》千晴で、一人っ子で、東京都内にある割と有名な私立中学校の三年生だった。受験生なのかというと、受験は小学校六年のときにもう済ませたので、後はもうエスカレーター式に高等部に進むだけなのだと言った。なんだかうらやましかった。ぼくが「いいなー、それ」と言うと、千晴は振り返って、

「だって、小学三年ぐらいから受験勉強したんだぜ？　耐えられる？」

千晴はなにかいやなことを思いだすように顔をしかめ、うつむいてみせた。ぼくはなんとなくわかる気がしてうなずいた。白雪は首をかしげていた。

そんなことを話しているうちに、千晴が両親と住む洋風の建て売り住宅に着いた。千晴は振り返って「マジで、ついてこないで。じゃあ」と手を振ると、玄関を開けて家に入っていった。

「ちょっとおー、わたしたち、どうするの？」

白雪が文句を言った。

「どうって、家出少女も記憶喪失も、警察の範疇《はんちゅう》だろ」

千晴は玄関のドアから顔を半分だけ出してそう言うと、バタンとドアを閉めた。

ぼくと白雪は顔を見合わせた。二人の吐く息はどちらも白かった。夜が更けて、寒さが増してきた。

「白雪、あれ、男の子だからさ。頼むなら女の子にしようよ」

「ふぅーん？」

白雪はよくわからないというように首をかしげた。

ぼくが白雪の手を引っ張って駅のほうに歩きだしたとき、通りの向こうからザッ……と音を立てておかしな一団が歩いてきた。黒ずくめのスーツの男たち。メン・イン・ブラックだ。ぼくはあっと叫んで足を止めた。白雪はもっと逃げ腰になった。

千晴の家を振り返る。東京駅の地下で、ぼくたちの後ろを尾《つ》けてきた黒服の男。しかも、人数が増えてるみたい……？

千晴の部屋がどこかはすぐわかった。パッと部屋のライトがついたからだ。子供部屋の割には、九畳ぐらいある明るくていい感じの部屋の天井が、薄いカーテン越しに浮かび上がっていた。ぼくたちはキョロキョロして逃げ場を探したけれど、このまま通りを走っても、みつかってしまいそうだった。ぼくたちはどちらからともなくうなずくと、その建売り住宅の二階のベランダへ、樋《とい》を伝ってよじ上った。案外簡単だった。

ベランダからそっと下の通りを見ると、黒いスーツの男たちはゆっくりと家の前を通り過ぎていった。

ぼくたちはベランダから窓をトントンとノックした。千晴が不思議そうにカーテンを開けて、ベランダに立っているぼくたちを見て、後ろにひっくり返った。

千晴が窓を開けると、ぼくたちは「ごめんね、ちょっとわけが……」「おじゃましまーす……」と、ブーツをベランダに脱いで、部屋に上がりこんだ。

それから、白雪が千晴に念を押した。

「発砲事件のほうは、あんた、共犯だからね」

——撃ち方を聞かれて教えただけで、断じて共犯ではない云々《うんぬん》と力説する千晴をおいといて、ぼくと白雪は部屋の中を点検した。

シングルベッドが一つと、勉強机。小さなタンス。壁一面が棚になっていて、オモチャがびっしり飾ってあった。床はフローリングでおしゃれだった。机の上に14インチのテレビとプレステⅡが置かれていて、コントローラーが出しっぱなしになっているところを見ると、これは勉強机からゲーム机に転職したと思われた。きょろきょろしていたら、なにかがオデコにツーンと突き刺さった。顔を上げると、小さなGIジョーと目があった。匍匐前進《ほふくぜんしん》ポーズのGIジョーが天井から吊《つ》り下《さ》がっていた。それは蛍光灯につながっていた。オデコに突き刺さったのは彼が構えている機関銃だった。ぼくはあきれた。

「へーんな部屋」

「ほっとけ」

「マンガとかは？」

千晴が黙って押入を指差した。白雪がそれを見て、勝手に押入のふすまを開けた。中にはびっしりとマンガ、ゲーム、あとアニメのDVDが入っていた。白雪は顔をしかめてふすまを閉めた。

「千晴ー」

「なんだよ！」

「あの店、いいの？」

「いいよ。どうせときどき、客が勝手にモデルガン撃ったり、いろいろあるから。勝手に入ってきたやつが撃ったって言えば、店自体には迷惑かかんないだろ」

「ふーん。……千晴のとこには警察こないかな」

「だって、誰もオレのこと、知らねぇもん」

千晴はベッドに腰掛けて、ふてくされたように言った。白雪が床にペタンと腰を下ろして、不思議そうに首をかしげた。

「そういうもんなの？」

「だって、商品の話しかしねぇもん。普通そうだろ？　学校の話とか家の話とか、するか？　しねぇよ。だろ？」

「恋の話とか」

白雪が口を挟むと、なぜか千晴は勝ち誇ったように、

「女ってバカだよな」

ぼくは千晴の向《む》こう脛《ずね》を蹴飛《けと》ばした。千晴は飛びあがり、「イテッ！　いってぇー。この家出少女。なにしやがる！」と騒いでベッドの上を一人で転げ回った。ぼくと白雪は顔を見合わせてクスクス笑った。

「男子って隙だらけ」

「ほんとだよね、巣籠《すごもり》カナ。男子がスカートはいてたらパンツ見えまくりだよ。注意力が足りない。ね？」

「く、くそぅ。二対一で卑怯《ひきょう》な舌戦を……」

千晴は悔しそうに唇を噛《か》んだ。

——白雪が急に「のど渇いた、すごく渇いた。もうのど渇いて死にそう」と騒ぎだした。不承不承、千晴が一階の台所に降りた。しばらくすると、女の子みたいに細くて白い腕にジュースを三本抱えてかったるそうにだらだらと戻ってきた。

と……。

千晴にジュースを持ってこさせた当の白雪は、フローリングの床に丸くなってくぅくぅと眠っていた。千晴はおおげさなしぐさでジュースを取り落とした。

「……理不尽だ」

「あ、サンキュ。ぼくは飲む」

「女なんてキライだ」

ブツブツ文句を言う千晴が開けたジュースの缶に、自分の缶をぶつけて乾杯した。

「乾杯」

「なにに？」

「ええと……親切な水前寺千晴くんに……？」

「……うそつけ」

ぐびぐび飲む。千晴はまだ小声で文句を言い続けていた。どうやら彼には、ぼくたちの言動がいちいち理不尽で意味不明に思えてならないらしかった。ぼくは意地悪な気分になって、

「千晴、普段、女子とあんまりしゃべんないんでしょ」

「クラスの女子なんかと話すかってーの」

千晴は開き直った。

なぜか偉そうに胸を張って、

「あいつらバカじゃん。それに、趣味もちがうし。文化のちがうやつと会話なんて、できなくねぇ？」

「そんなにちがわないよ。男子も女子も」

「うそだねー。それはぜったい、うそだねー」

千晴はふくれっ面でそっぽを向いた。

ガランと広く感じる千晴の部屋には、ぼくたちが黙ると、後は白雪の立てるかすかな寝息がすぅすぅと響いているだけだった。壁の上のほうで時折、エアコンがゴォッ……と音を立てた。カーテンの外は、星空。窓ガラスは室内と外の気温差のせいで白く曇っていた。

住宅街らしく静まり返り、窓の外でただ、電信柱の上でランプが人工的に瞬いている。

しばらく黙っていると、床に丸まって眠っていた白雪がもそもそと起きだした。

「……のど渇いたってば～」

「はい、これ」

ジュースの缶を渡す。白雪が顔を上げて、ふくれっ面をしているぼくに、

「……どしたの？」

「千晴がわからず屋なんだもん」

「そうかぁ？」

睨《にら》みあっていると、白雪が不思議そうに、

「なんの話？」

「……文化の話」

「深いの？」

「いや、浅い」

「くっだらなーい」

「もう、白雪はぐーぐー寝てたくせに！」

ぼくは白雪にもふくれっ面をしてみせた。あきれ顔でぼくたちを見比べている白雪を横目で見て、千晴がつぶやいた。

「その顔、クラスの女子みてぇ」

「ん？」

「オレらがゲームの話とかで盛りあがってると、通りすがりにそういう目でチラ見する。感じわっるいの」

白雪の代わりにぼくが反論した。

「だ、男子だって、女子がおしゃれとか芸能人とかの話してると、そういう目で通り過ぎるよ。でしょ？」

「……」

白雪がぼくたち二人から離れて、ぐびぐびとジュースを飲み始めた。ぼくと千晴はまた睨みあった。白雪は退屈そうにあくびして、ジュースの缶を床に置いた。

「……ねぇ、テレビつけるよ。お二人さん」

「男子ってなんであんなこそこそ喋《しゃべ》るの？　なんの話してるの？　えっちな話？」

「なんでだよ！　もともとそういう生き物なんだよ！」

「……リモコンどこ？　あ、それね。つけるよ」

「なのに女子の声がでかいとか言って、うるせーとか言うでしょ」

「だってうるさいだろ！」

「……ついた」

テレビがついた。

夜のニュースをやっていた。スポーツニュースの後でちょっとだけかかるスポット的な番組だ。女性アナウンサーが、生真面目な声でニュースを読み上げていた。

なにかの事件報道らしかった。千晴の声と自分の声のあいまにニュースもときどき聞こえてきた。視界の端に、ぼくたちと同じぐらいの年齢の、赤茶けた長い髪——そう、ちょうど白雪ぐらいの——をした少女の顔写真がテレビ画面に映っているのがふっと飛びこんできた。

『……被害者の安全のため、現在もまだ報道規制が敷かれていますが、我がBNNでは独自に報道に踏み切りました。あやのこ、、、…………………』

――ブッッ!

ふいに部屋が静かになった。

ぼくはゆっくりと振り返った。

白雪がこちらに背中を向けていた。赤茶けた長い髪がその背中を半分以上隠していた。ぼくのコートを着ていた。コートの上からも、痩《や》せた体がよく見て取れた。ぼくはふとフラッシュバックのように、彼女との出逢《であ》いを思い出した。

あの……

ダストシュート。

凍っていたゴミと、真ん中の白い裸体。

握られた銃。ララの銃。

瞳《ひとみ》を開けた彼女。その青い虹彩《こうさい》。不思議な怪力と、溶けていったゴミ。熱の放射。なにもわからないような様子で泣き出した彼女を連れて、逃げた。名前をつけた。雪みたいに白いその肌を、白雪と。

ぼくたちはダストシュートで出逢った。

そのまえは……。

白雪は、何者なんだろう？

どこの、誰？

――部屋は静まり返っていた。白雪は手にテレビのリモコンを握りしめていた。その人差し指が電源をぎゅっと押したまま硬直していた。ぼくはたったいまの報道と、アナウンサーが言いかけた謎の言葉……。

〝あやのこ〟

を、胸の中で繰り返した。

あやのこ。あやのこ。

あやのこ……って、いったいなに？

白雪がゆっくりと振り返った。

ぼくを見上げると、にっこり微笑んだ。何ごともなかったかのような笑顔だった。ぼくは、たったいまのことは偶然かな、たまたまそう聞こえただけかな、という気がしてきた。

白雪はにっこりして、

「やっぱゲームやろ。ゲーム。桃鉄ないの？」

「……なんで桃鉄なんだよ？」

千晴がつっこんだ。

呆然《ぼうぜん》と立っているぼくを不思議そうにみつめて「おい。どうかした？」と聞く。

「えっ……？　ううん、なんでもない」

「なぁ、こいつへんなやつだよな？　なんであえて桃鉄なんだよ。どこがいいんだ？」

「九州に必ず台風がくるとこ」

白雪は笑顔で答えて、自分で何度もうなずいた。

それでぼくたちは、白雪の意向を汲《く》んで、また親睦《しんぼく》のために桃鉄をやろうということになり、文句を言っていた割には一応持ってるじゃん、とひとしきり千晴をからかった。さてやりますかと、ぼくと白雪は同時にコートを脱いだ。

千晴が、

「……きゃー！」

女の子みたいな悲鳴を上げた。

振り向くと、ぼくたちを交互にみつめてビビッたように壁に張りついていた。

「どしたの、千晴？」

「……なにその恰好《かっこう》？」

ぼくと白雪は互いの姿をみつめあった。

——そういえばドン・キホーテの偽物の店を出て以来ずっと、ぼくたちはナース服ミニを着たまま移動を続けてきたのだった。上からコートを羽織っていたせいでまるで忘れていた。千晴は壁に張りついたままで、今度は笑っていた。

「……なにがおかしいのよぅ」

「あははは。ナースだって、ナース。あはははは！」

……笑いすぎだ。

千晴はひとしきり、壁から床に、そしてベッドに、細かな移動を繰り返しながら笑っていた。まだ笑っていた。まだ……笑い終わりそうで、ぶりかえす。

ようやく笑い終わ……ったかと思ったら、また「……ぶっ！」とぶりかえした。

そして今度こそ笑い終わると、千晴はまじめな顔になった。

「……ねぇ、なんで？」

ぼくと白雪は顔を見合わせた。

それから代わる代わるに、ぼくが義父にとあることで怪我をさせちゃって、二人で病院に様子を見に行って、それで……と説明した。聞いているうちに千晴の顔はどんどんまじめになっていった。

「……ふぅん」

しばらく考えこんでいる。

やがてうなずいて、短く、

「じゃ、オレが服買ってやるよ」

「ほ、ほんと？　うれしー。どんな服？」

「どんなって、まともな服に決まってるだろ」

そう言うと、千晴はまたブッと吹きだし、そのまままた床を転がって笑いだした。

Υ

その夜、ぼくたちは千晴をフローリングの床に追い払って毛布を一枚かけてあげて、女の子二人だけで千晴のシングルベッドにもぐりこんだ。布団の中でさんざん内緒話して笑ったりくすぐりあったりして騒いだ後、白雪が布団から顔を出して、床でふてくされている千晴に声をかけた。

「ねぇねぇ、水前寺千晴」

「……なんだよ？」

「ドキドキする？　かわいい女の子が二人も自分の部屋にいて」

千晴はムッとした顔をして、起きあがった。フローリングの上で胡座《あぐら》をかいて頭から毛布をかぶっている様子は、ちょっとだけ名古屋名物の天むすに似ていた。天むすの海老天《えびてん》のところが……つまり千晴の顔が赤くなった。

「もちろんドキドキするけど、そんなことを見透かされるほどにガキではない」

「……」

あまりにも堂々と屁理屈《へりくつ》を言った千晴に、白雪はキョトンとして黙りこんだ。それからゆっくりと、ぼくのほうを振り返った。

「見え見えだから、言ったのに～」

「……黙れ、宇宙人」

千晴が怒った。

と、白雪がムッとして、

「宇宙人じゃないってば。断じてちがう。ていうか宇宙人なんていないよ。二人とも、バッカじゃない」

「だって宇宙人なんだろ。カナがそう言ったもんな。なぁ、カナ？」

ぼくはなにか言いたそうな顔をして千晴をみつめ返したけれど、なんと言っていいのやら自分でもよくわからなかった。千晴が「なんだよ？」とこちらをみつめていた。ぼくは首を振り、一言、

「……あやのこ」

「は？」

「すべてはこの言葉に隠されている。それだけ。おやすみ」

白雪の体に緊張が走るのがわかった。白雪も布団に潜りこんで、ポカンとしている千晴に「電気消して」と命《つ》じた。

千晴が天井から吊《さ》り下がったＧＩジョーを引っ張った。部屋が暗くなった。外から月光がゆらゆらと床を照らした。白雪がつぶやいた。

「水前寺千晴。えっちなことしないでよ」

「そんな度胸があるわけないだろう」

千晴がまた堂々とへんなことを言った。……白雪のちょっかいのかけ方もへんだけど。

「おい、カナ……あやのこってなんだよ？」

「水前寺千晴」

白雪が、邪魔するようにまた声をかけた。

「えっちなこと考えないでよ」

「考えないわけないだろう。おまえ、なんだよ。さっきから」

「なんで考えないわけないのよ」

「それは、人間だから」

千晴が深いことを言った。うん、多分、深い。白雪がちょっと潔癖っぽく、「やめてよね！」などと千晴をいじめ始めた。千晴は堂々と、

「頭の中は自由だ！　それともおまえ、宇宙人だから中もいじれるのか！」

白雪はひとしきり千晴をからかって遊んでいたが、やがて唐突に「くぅ～！」と寝息を立てた。眠ってしまったらしい。

白雪が眠ると、部屋はしんと静まり返った。窓の外から時折、北風がぴゅう～と吹く音がかすかに聞こえる以外は、まったくの無音だった。

ぼくも眠ることにした。

目を閉じると、ざーっ……と波のような音が聞こえてきた。考えないようにしているうちに本当にあまり考えなくなってしまった、自分のやったことを急にリアルに思いだしそうになった。これからどうしよう……とぼくは思い、その考えがとても怖くてたまらなかったので、頭の隅に追いやって考えまいとした。そしたら本当にまた考えなくなった。うん……多分、この調子だ。

ぼくは目を閉じたまま、寝返りを打った。

ふいに、電脳戦士に逢《あ》いたいなぁと思った。そしてまた格闘ゲームの話ばかり延々としたい。廃墟《はいきょ》みたいな裏通りのゲーセンで、中途半端にレトロなゲームばかり並ぶ中で、それにしてもこの店薄暗くねぇ？　とか文句言いながら、生きることに関係のない、モニターの中の技の話をずっとしていたい。

お兄ちゃんに、逢いたい……。

そう思ってぽつん、ぽつんと涙を流しながら、ぼくはいつのまにか眠ってしまった。夜中に一度目を覚ますと、ぼくはまだちょっとぐすぐす泣いていて、丸まった背中を後ろから、一緒に眠る白雪に抱きしめられていた。床の上に丸まる千晴もちょっとベッドに近づいてきていて、二人はまるでぼくを暖めるようにこちらに体を向けて眠っていた。ぼくはちょっとずつ泣きやんだ。

だってもう帰れないんだから。泣いちゃダメだ。

Φ

翌朝は、よく晴れた冬晴れの天気だった。

ぼくと白雪は、起きるなり「お腹空《す》いたー」「千晴のパパとママに気づかれないように、トイレ使えるー？」とか騒ぎだし、どうやら朝に弱いらしい千晴は、ぼーっとぼくたちを眺め回していた。ついで、床に寝ていた自分を不思議そうに見下ろして、

「……夢じゃなかった」

「千晴、学校は？」

「サボる。あと、うちオヤジもオフクロも朝早いから。もう、いねぇ」

千晴の話では彼の両親は共働きで、会社は千晴の通う中学校よりも遠いところにあるため、起きるともう両親とも出かけているのだという。会社名はどちらも聞いたことのある外資系の大きなところだった。

「安泰だねぇ」

というと、千晴は、

「らしいねぇ。よく、しらん」

なぜか少し不機嫌そうな口調でつぶやいて、起きあがった。

そうっと一階に降りて、洗面所を借りた。顔を洗って髪をときながら、自分の家にあっ

たのとはちがう男性用のひげ剃《そ》りとか、大人の女の人用の基礎化粧品とか、使ったことのない銘柄の歯磨き粉とかが並んでいる洗面台をぼんやりと見た。

台所に入ってみると、千晴のお父さんとお母さんが慌ただしく出かけていったらしく、洗い立ての食器とかかすかに香ばしいトーストの匂いとかが残っていた。

大きな冷蔵庫の前に、かわいらしいクマさん柄のマジックボードがかかっていた。千晴のおかあさんが書いたらしいメッセージが残っていた。『冷蔵庫のいちばん上にハンバーグとサラダ。ごはんはスイッチ入れるだけ。車に気をつけて』……〝車に気をつけて〟なんて、十五歳にもなった息子に小学生にするような注意を書いている割には、その文字はいかにも仕事のできそうな達筆の走り書きだった。千晴はかわいがられて育っているなぁ、という気がした。……ぼくもそうだったけど。

もそもそと階段を降りてきた千晴にそう言うと、千晴は明らかに不機嫌になった。……へんなやつ。ぼーっと台所の椅子に座ってしばらく頭をかいていて、やがて千晴は言った。

「親って、むかつかねぇ？」

「……うん、むかつくけど」

ぼくはちょっとどきっとした。千晴の気持ちのほうがぼくよりも強い怒りに感じられた。戸惑っていると、千晴は続けて言った。

「子供は親を選べねーよな」

「……いい家じゃん」

「おまえんちは？」

「……」

そっか。

ぼくは自分だけ不幸だと思っていた。ぼくの家だって見た感じ、普通のいい家だ。ぼくが感じているようなことを千晴だってこの家で感じていてもおかしくないんだ。

ぼくはふと、なんだかんだいって面倒な家出娘を抱えこんだ千晴が、口に出すよりずっと、ぼくたちに共感してくれていたような気がした。……ただ単に巻き込まれて抵抗できないって感じもするけど。

「オレ、中一んとき思ったの。もう親に頼ったり、理解してもらおうとしたりすんのやめようって。無駄だって。あいつらは思い通りの子供にしたいだけで、オレがどう思ってるとかなにが苦しいとか、オレのタマシイの問題は、本当はどうでもいいんだってわかったの。オレ、そういう現実を自分はほかのやつより早くわかったって自負してるけど。……そういうことには、だって、早く気づいたほうがいいだろ？」

「……」

もしかしたらぼく自身が思っていることかもしれないけれど、ほかの子の口から、それに自分が言うよりもずっと強い言葉で言われると、不思議な反発を覚えた。だけど千晴の言ってることもよくわかった。

「オレ、家出なんてガキのやることだと思うよ。別に帰れとか言わねぇけど。だっておまえ、なんだかんだ言っても、結局、しばらくしたら帰るだろ？」

「そんな……帰んないよ」

「オレは高校出るまではここでおとなしくしてんの。親なんて、給料運んでくる機械だと思ってんの。家出したって行くとこねぇし。金ないと困るし」

「……」

「自分で稼げるようになったら、ぜったい、二度と戻ってこねぇよ。オレも、だから……」

千晴は立ち上がった。

二階に戻りながら、小さな声で、

「要するにオレも、だから……自分の家、嫌いなの」

「……うん」

千晴は振り返ってかすかに笑った。トン、トン、トン……と階段を上がっていく軽い足音がした。

ぼくはしばらく考えこんでいた。

千晴の暗い声が耳に残っていた。

ぼく自身は、千晴ほど激しく家を嫌っているわけじゃない気がした。よくわからなくなってきたので、考えるのをやめた。

ぼくも二階に戻ってでかける支度をした。くしゃくしゃになってしまったナース服ミニを一応、引っ張る。千晴は無地のシャツに茶色っぽいカーゴパンツ、昨日と同じ赤いスカジャンを羽織《はお》った。小柄で、線も細くて、その姿はやっぱりちょっとボーイッシュな女の子みたいだった。あんな暗い声であんなふうに話すところなんて想像できないようなルックスだ。千晴は財布をポケットに突っこんで、ぼくたちのほうを振り返り、

「行くぞ、おまえら」

なぜかとても偉そうに言った。ぼくと白雪は顔を見合わせた。混ぜっ返すように、

「おう」

「がってんだ」

返事をして立ちあがると、千晴は顔をしかめた。「なんだよいまの返事。なってねぇよ……」ブツブツ文句を言いながら、部屋を出る。

外は乾いた北風がぴゅう、と吹いて、ぼくたちは北風と太陽の旅人のように首を縮めた。

白雪の強いリクエストによって、ぼくたちは洋服を原宿に買いに行くことにした。リクエストというか、例によって「はーらじゅくっ、はーらじゅくっ！」と一人シュプレヒコールを続けるので、根負けしたのだ。千晴はちょっと不安そうに、

「オレ、原宿とか行ったことねぇけど。そういう駅があるのは知ってるってぐらいでさ」

「ぼくも。だけど、駅を出たらすぐに竹下通《たけしたどお》りなんでしょ？　迷わないって」

「ねぇ、巣籠カナ。クレープ食べようよ、クレープ。ぜったい食べようよ。ね？」

白雪だけが上機嫌で、何度もクレープ、クレープ、クレープと繰り返していた。そういうわけでぼ

くたちは山手線《やまのてせん》の原宿駅で降りて、竹下通り口という名の改札を抜けて、朝っぱらから、おしゃれとクレープと女の子の町、竹下通りに降り立った。

どのお店の服も、おしゃれで、派手で、それに安かった。

ぼくと白雪は千晴にねだって、あれもこれも買ってと騒いだ。

「そんなに金がない」

「え～？　じゃあいいよ。自分で買うから」

と、ぼくがコートのポケットからお金の束——あのキャッシュカードで引き出したお金——を取りだすと、千晴はひっくり返った。

「な、なな、なんだ、いまの。幻覚？」

「本物だよ」

「……さすが家出少女。くそぅ、負けてはいられねぇ！」

なぜか千晴はムキになり、自分のお小遣いでぼくたちに服を買ってくれた。負けず嫌いなのだと思うけれど、それにしてもへんな反応だった。結局ぼくはデニム地のパンツにつるんとした生地のセーターを、白雪はチェックのミニスカートにふわふわのカーディガンを買ってもらい、その場で着替えて、

「じゃじゃーん！」

千晴の前に現れてみた。千晴は興味なさそうに、

「はいはい、似合うかもな。行くぜ、腹減った」

その反応に微妙にがっかりしながら、ぼくと白雪は千晴について歩きだした。

竹下通りの終わりの辺りで、千晴がなぜか、何度も後ろを振り向いてなにかに目をこらすような仕草をした。「どしたの？」と聞くと「……なんでもねぇ」と首を振った。

なんだか気になったけど、千晴がなにも言わないので、それ以上は聞かないことにした。

裏通りに入ったところに、穴場と言えそうな小さなカフェがあった。おしゃれでおいしそうだけどすごく食べにくそうな感じのオープンサンドと、ボールにたっぷり入ったフランス風のカフェオレ。それにケーキも頼んでもりもりと食べた。千晴は朝は弱いらしく、

「おまえら、なんなんだよ……？」

「だから家出少女と、宇宙人」

「宇宙人って今度言ったら、絶交だよ！　もう！」

――ぼくたちのとなりの席に、二十歳ぐらいのとてもきれいな女の人と、同じぐらいの歳の男の人が座っていた。いわゆる典型的なカップルだった。女の人のほうが、わーわー言い合っているぼくたちのほうをチラリと見て、微笑んだ。

小声で彼氏とささやきあうのが聞こえてきた。

「どした？」

「ううん……かわいいなぁ、と思って。あの子たち、中学生ぐらいかなぁって」

「そうだな。あれ、今日平日だよな？　学校は……」

「いいわね、あれぐらいの年って。楽しそうで、悩み事なんてなくて」

こら、そこのねえちゃん。そんなわけあるかー。

と思いつつ知らんぷりしていると、白雪が横からぼくをつついた。

「……なに？」

「あのおねえさん、殴ってきていい？」

「うんと……一応とめとく。ダメ」

「くぅ……。じゃ、蹴《け》っていい？」

「もっとダメ」

千晴も口を挟んできた。

「キックはパンチの三倍の威力があるんだぜ？　マンガで読んだけど」

カフェのテラスは陽光に明るく照らされていた。ぼくたちのテーブルにウェイトレスさんがやってきて、食べ終わったサンドイッチとケーキのお皿だけきれいに片づけてくれた。

白雪が急に悲しそうな顔になり、

「あぁ、おいしそうだったのに、実際おいしかったのに、食べ終わっちゃった」

「……当たり前のこと言うなよ」

「ねぇ、巣籠カナ。水前寺千晴」

白雪は、同じトーンの声で、急に言った。

「いま、いろんなこと、とっても苦しいじゃない？」

ぼくも千晴も思わずうなずいた。

なにがって答えられないけど、確かにいろいろ苦しいという気がした。毎日のこと。学校行ったり、勉強したり。友達との付き合いも、楽しいだけじゃなくてじつはけっこう気を遣う。あと将来のこと。進学とか、進路とか。決めてないこと、わからないことは多いのに、時間はどんどん経っていく。来年には十六歳に、再来年には十七歳になってしまう。いったいどうしたらいいんだろう？　日々はとても辛《つら》くて、はやく大人になりたくて、でもぜったいなりたくなくて。ほとんどの大人のことが嫌いで。

あるとき突然、ふいにいろんなことが全部〝わかった〟って気になって、そんな日はすばらしく空も晴れていて……だけどその一瞬後には、やっぱりまたもとの混沌《こんとん》とした気分に戻っていってしまう。

ぼくたちはいつも漠然と不安で、でもそのことを、周りの大人はもちろん、仲のいい友達もじつは知らないんだ……。

そういった気分のことを、いっぺんにどっと思いだした。となりで千晴もうなずいていた。白雪もおんなじ顔をしていた。

そしてカップルのほうを見て、

「いまこんなに苦しいこと、あとほんの何年かして大人になったら、忘れちゃうのかな？それで、いいわねぇあれぐらいの年の子、悩みなんてなくて、なんて平気で言えるようになっちゃうのかなぁ？」

　ぼくは首をかしげた。そして、自分はぜったいに忘れないと思った。それにあのおねえさんだってきっと、自分の部屋に、十五歳のとき苦しかったことの証となる品を大切に持っているんじゃないかなぁ。日記とか手紙とか、その子にしかわかんないなにかを……。

「ねぇ、巣籠カナ。わたし、やっぱり……」

　白雪は腰を浮かした。

「あのおねえさん、蹴っ飛ばしてきてもいい？」

「ダメだったら。座んなさい！」

　ぼくに怒られて、白雪はふくれっ面で座った。

　と見せかけて……つぎの瞬間ドカーッと音を立てて立ちあがった。ぼくは昨夜の出来事を思いだした。追いかけてきて「あやにょこ……」と言ったおじさんを、白雪が首相撲からの膝蹴《ひざげ》りで倒して逃げたこと。ぼくはあわてて、

「千晴、止めて！　白雪が暴れるよっ……！」

　白雪は――

　ポケットから取りだしたララの銃を、カップルのおねえさんの頭に向けて構えていた。

　千晴がつぶやいた。

「スタンディング。でも、片手じゃまた吹っ飛ばされる……！」

「そういう問題？　ていうか撃ったらダメじゃん。ねぇ、白雪、ちょっと！」

「……あやまって」

白雪は、思わず両手を上げて彼女を見上げているおねえさんと、ビビッて椅子にくっついているおにいさんに、小声で言った。

「ごごめんなさ、い……？」

「わたしにじゃなくて」

「は、はぁ」

「おねえさん、十五歳のとき楽しかった？　悩み事、なかった？　あったでしょ」

問われたおねえさんは、遠い目をした。

「十五歳だったときの自分に、あやまって」

「……ほんとにごめんなさい」

おねえさんがあやまると、白雪はおとなしく銃をポケットにしまった。それからこっちに戻ってきた。赤革の編み上げブーツがコッコッといい音を立てた。千晴がすばやくレジで会計を済ませた。三人で転がるように店を出て、明治通りの人混みに紛れこんだ。小走りに走りながら、千晴が、

「当たり前のこと言うけど」

「なに？　言ってみて？」

「あの店、もう行けないな」

「あはは」

「あと、いまのでようやく、目が覚めた」

「あはははは！」


帰り道の電車の中で、あれきり黙っていた白雪が、急につぶやいた。

「ねぇ……さっきのカップルさぁ」

ゴォォォォ、と音を立てて、地下鉄は走り続けていた。山手線から乗り換えて、これからしばらく乗っていないといけなかった。白雪はなぜか沈んでいた。

「愛しあってるって感じだったよね？」

「えっ、そう？」

「よくわかんないけど」

千晴がなぜかはずかしそうに身を縮めた。

「愛とか言うなよー」

「この、照れ屋」

ぼくがつっこむと、なぜか千晴はもっと恥ずかしそうになり、身をくねらせた。ツボらしかった。愛が。

白雪が続ける。

「愛しあうってさぁ、いったいどういうことなんだろ」

「うん……」

「小説でも映画でもマンガでも、よく出てくるけどさぁ。愛しあってる人たちって」

「アニメでも、ゲームでもね」

「どういうことなんだろ？　神秘的っていうか、わけわかんないっていうか」

白雪の言葉に、千晴はますますぐでんぐでんにくねった。おもしろかった。

「いつかわたしとかも、誰かと愛しあうようになるのかなぁ。それこそ大人のやることって感じ。大切に思いあって、常に誰かとのペアで自分のこと考えて。よくわかんない。わかんないけど、もしそうなったら、きっと、そのときの、わたしは……」

次第に千晴のおかしな動きが車内で注目を集め始めた。

「いまのわたしとはまったくちがうものに、全身、取って代わっていると思う。まるで宇宙人に連れ去られて戻ってきた人みたいに。それで家族が言うわけ。これはあの子じゃありませーんって。別人ですーって」

「白雪、家族いるの？」

「……」

千晴の動きがぴたっと止まった。

白雪は口を閉じて、そのままなにもしゃべらなかった。

チカッ、チカッ、チカッ――

またぼくの瞼《まぶた》が震えて、視界が暗くなった。ブラックアウトして数秒で、元に戻る。ゴオォォォォ――大きな音を立てて、地下鉄は走り続けていた。

ぼくは吊革《つりかわ》をつかんで目を閉じた。

X

千晴の家がある駅に着いた。ぼくは売店でその日の新聞を一部買うことにした。種類がたくさんあって迷ったけれど、うちで取っていていつも義父が読んでいたやつを選んだ。

「なにしてんの？」

と振り返る白雪に、

「……なんでもない」

ぼくはコートのポケットに新聞をつっこんで、早足で二人に追いついた。

それから、ぼくたちは三人で地元の、千晴行きつけのゲームセンターに行くことにした。

そこはぼくの生まれ育った町のゲーセンとはちがって、広くて明るくて、店の入り口にはカップル向けのちょっとバカっぽいゲームがたくさんあふれていた。白雪がうれしそうに太鼓を叩《たた》き始めた。ぼくは千晴について店の奥に入っていった。薄暗い奥の一角に、それでも最新の格闘ゲームがそろっていた。千晴は強かった。お兄ちゃんほどじゃないけど。

ぼくはしばらくするとゲームに飽きてしまい、それはやっぱり電脳戦士がいないからではないかと自己分析してみた。失ったものを思うと、やたらめそめそした気分になった。

ぼくはゲーセンのパイプ椅子に座って、ポケットから新聞を取りだした。くしゃくしゃになっていたそれを広げて、一面から読んでいった。どこかの高速道路で起こったらしい大きな事故の写真と、遠い国の戦争の話とが一面を埋めていた。どんどんめくっていくと、『秋葉原で発砲事件　暴力団の抗争か』という記事をみつけた。ふぅん、と読み飛ばしそうになって、それがぼくたちが起こした事件なのだということに気づいた。思わず「あっ」と声を上げると、後ろの席でプレイ中の千晴がびくんとした。

それから、最後のほうに小さな囲み記事をみつけた。『女子中学生、義父に矢？』というタイトルだった。この件で巣籠さんは救急病院に運ばれたが重体。娘のA子さん（十五）は行方不明で現在警察が行方を追っている。A子さんは普段からおとなしく学校側も動揺が隠せない云々《うんぬん》……。

記事は小さすぎて、義父がどうなったのか、ぼくがどうなっちゃうのか、知りたいことはぜんぜんわからないままだった。ぼくはため息をついた。

考えたくなかった。自分がやったことも。これからどうなるかも。受験も将来も。全部後回しにしたかった。だけど、逃げようとするぼくの気持ちをむりやり誰かが引っ張っているように、心の中には、あぁ、本当に事件になっちゃったんだ、ぼくはたいへんなことをしちゃったんだ……と動揺する気持ちが広がっていった。

ショックのあまり、ぼくは考えないようにしようと唇を強く強く噛《か》んだ。考えなければ、なにも起こらなかったことにならないかな……。

虚《うつ》ろな目を新聞に落としていると、ぼくの事件についての妙なコメントが載っていることに気づいた。

『彼女はジャンヌ・ダルク』

……なんだ、こりゃ。

それは一度地元のケーブルテレビに呼ばれて中学生の生態についてしゃべっていた、例のあやしすぎる若い評論家だった。ぼくのことを自由のために大人と戦った英雄みたいなわけのわからない表現でもってコメントしていた。よくわからなかったしなんかいやだったので、読み飛ばした。

だけど……。

わざわざ普段は絶対に読まない新聞を買った理由の一つである、白雪に関わる事件は、なぜかまったく載っていなかった。昨夜のニュースで確かに流れていたはずなのに……？

考えこんでいると、千晴が忙《せわ》しくガシガシと戦いながら、後ろの席に座っているぼくに声をかけてきた。

「なぁ……」

「はいよ」

「……そのへんな返事、つぎから禁止な。あと〝あやのこ〟ってなに？」

「わかんないの。ぼくも気になってるけど、白雪、ぜったい自分のこと話さないんだもん」

ぼくは向き直った。

千晴はへんな髪型をしたひげのおじさんと戦っていた。おじさんが崖《がけ》から落っこちて、千晴は巨乳を揺らして勝ちどきを上げた。ゆ〜、うぃ〜ん《You win》。つぎのラウンドが始まった。

「最初は記憶喪失って言ってたんだけど。確かにおかしかったし。現実の認識とかがゆるくてへんだったけど、だんだんしっかりしてきてさ。ぼく、もしかしたらあの子、あのときのショックで記憶が戻ったんじゃないかなって疑ってるんだ」

「あのときって？」

ゆ〜、うぃ〜ん。

千晴がニヤリとして、また巨乳を揺らした。

「デザート・イーグル撃って、床に頭をぶつけたとき。あのとき……あの子、ちょっとボーッとして、しゃべり方も一瞬お嬢っぽくなって。白雪って呼んだらキョトンとして、白雪？　って聞き返したんだ。へんだよなって思った。白雪はぼくみたいなごく普通の家出少女とはちょっとちがうんじゃないかなって、なんとなく、だけど……」

あのとき見たもののことを思い出して、ぼくは遠い目になった。

最初に白雪と逢《あ》ったときの、あの……

凍っていたゴミと、白い裸体。

しゅうしゅうと音を立てて溶けていったゴミと、踏み抜かれた鉄の床。

一歩一歩、彼女が歩くたびに激しく揺れた地面。

……それらは、いま思うと幻のようだった。いまの白雪はまるで人間で、あのときのような宇宙人じみたところはまったくなかった。おかしな言動も次第に少なくなって……。

だけどあれは幻覚とかじゃなかった。ぜったいに自信を持って言える。あの体は凍っていたし、湯気を出して自ら溶けた。すごい怪力だった。そして彼女がごく普通の家出少女とはちがう存在であることの証拠に、彼女は本物の銃を持っているのだ。デザート・イーグル。千晴曰《いわ》くイスラエル製の、正真正銘、本物の銃。

「……ごく普通の家出少女って言い方、日本語として、どうよ？」

ゆ～、うぃ～ん。

千晴がつぶやいた。

「家出って、異常なことだろ？　普通、わざわざしねぇし。オレみたいに、我慢しながら大人のことをやり過ごしてるってやつのほうが圧倒的に多いって」

「……どうしてそんなふうにできるの？」

「内心、大人をバカにしてるから」

「そっかぁ……」

ぼくは黙った。

やがて千晴が、黙っているぼくを振り返ったせいで、スライムみたいなグミみたいなぐにょぐにょのへんな敵にやられてしまい、「あぁ～……」と悲しそうな声を上げた。ぼくが「あやにょこ……」と言いかけて白雪に倒されたおじさんの話と、昨夜白雪が消してしまったテレビで流れていたニュースの話をすると、千晴は黙ってポケットから携帯電話を取りだした。

「なにするの？」

「ニュースだろ。ニュースサイトで調べてみる」

「そっか」

ぼくはうなずいた。

結果的に、ニュースサイトに昨夜の報道は載っていなかった。千晴があちこち渡り歩いて調べたところによると、起こったのは誘拐事件で、おとといの夜からずっと、被害者の身の安全のために報道規制が敷かれているとのことだった。昨夜のBNNニュースは先走って報道し、警察の厳重注意を受けて、再び沈黙を守ったとのことだった。

そのニュースを見ていた人や録画していた人が、あちこちのサイトに少しずつ情報を残していた。

「これによると、誘拐事件が起きたのはおとといの夜中、もしくは昨日の早朝ぐらい」

「うん……」

「場所は××県××市……」

ぼくは飛びあがった。

「……ぼくの町じゃん！」

昨夜、町中を走り回っていたたくさんのパトカーを思い出した。もしかするとあれは少女A――すなわち巣籠カナ十五歳を捜していたのではなく、誘拐事件のせいで走り回っていたのかも……しれない。

「犯人は拳銃《けんじゅう》を所持している可能性がある」

「拳銃を所持……」

「被害者は十五歳の女子。家がかなりの資産家で、身代金が要求されてる。だけど昨夜、身代金の受け渡し場所に犯人はなぜかこなかった。犯人も被害者もまだみつかっていない」

「うん……」

千晴が顔を上げた。

「おい、カナ……」

ぼくは千晴とみつめあった。千晴はおそるおそるといった動きで、ぼくに携帯電話を差しだしてきた。ぼくはそっとそれを受け取った。見ろよ、というように千晴が指差すので、ぼくはその携帯電話の液晶画面をゆっくりと覗《のぞ》きこんだ。

そこには、昨夜一瞬だけBNNニュースで流されたという、被害者の名前が書かれていた。

十五歳の女子。その名前が。

〈綾小路《あやのこうじ》麗々子《りりこ》〉と。

Vol.5

［ドール］

その夜、ぼくと千晴はこそこそと携帯電話を操っては、××県××市で起こった、そしていまも続いているはずの事件——綾小路麗々子《あやのこうじりりこ》誘拐事件についての情報を捜していた。

もちろん、ぼくは、白雪に直接「あんた、綾小路麗々子？」と聞こうとタイミングを計っていたのだが、それはなかなかに、意外と、難しかった。〝雪みたいに白いから〟ぼくが白雪と名付けたその赤茶けたロングヘアに虹彩《こうさい》の青みがかった瞳《ひとみ》をした美少女は、ぼくたちに背を向けて、夕方からずっと一人遊びに熱中していた。駅前のオモチャ屋で買ってきたドール製作一式でもって、お手製の1／6ドールを二体、作っているのだった。

小さな頭部を水に浸《つ》けて、一つは黒髪のおかっぱに、一つは赤毛のストレートロングに髪をカットする。それから黒髪のほうの眉毛《まゆげ》を少し濃いめに書き足し、赤毛のほうは瞳の虹彩を青く塗りかえた。

「……なにしてんの？」

「わたしたちのドール。ほらみて、こっちのおかっぱちゃんは巣籠《すごもり》カナだよ」

「おい、オレは？」

千晴が文句を言った。すると製作に熱中していた白雪は顔を上げて、

「水前寺《すいぜんじ》千晴は、男の子だから、ダメです」

「どうしてダメなんだよー？」

「だってつまんないもん。服とか。でしょ？」

千晴は本気でガッカリした顔をしていた。それでブツブツと「ちぇっ。仲間外れかよ……」文句を言いながらベランダに出ていった。

そのままずっとベランダで手すりにもたれてたそがれているので、ぼくはセーターの上からコートを羽織ってベランダに出た。サッシを閉めて、声をかけた。

「おーい。千晴」

「……ん？」

千晴は外の暗い通りに目を凝らしていた。「いまさ、へんな、やつ、らが……」なにか言いかけて、やめた。ぼくが「どしたの？」と聞き返すと、肩をすくめて、手に持っている携帯電話をぼくに指し示した。

携帯電話の画面を覗き込むと、千晴は〝綾小路麗々子〟についての情報を引き続き捜していたらしかった。ぼくはそっと部屋の中を振り返った。もしかしたら報道規制を敷きながら警察が捜している渦中の人、綾小路麗々子かもしれないその少女は、相変わらず熱心にドール製作をしていた。

「……やっぱり、人違いかなぁ？」

「どうしてだよ」

「だって、誘拐されたほうが逃げる？　武器を持って。それなら犯人はどうしたのよ？　どうしてゴミ箱にいたのよ」

「うーん。死んだと勘違いされて犯人に捨てられたんじゃないか？　死体遺棄」

「……」

「カナ、ネットの噂だと、綾小路麗々子さんは茶髪のロングヘア。それも染めたんじゃなくて生まれつき赤いんだってさ。だけど瞳が青いって説はどこにも載ってない。ハーフとかじゃないらしいし」

「じゃ、やっぱちがうんだよ」

「……カラコンなんじゃねーの」

ぼくは沈黙した。

夜空は今夜も晴れて、星空がひっそりと瞬いていた。こんな都会なのに星が見えるんだ、とぼくは思った。ベランダはぐっと冷え込んで、二人の息は白かった。

「どうしてわざわざカラコン入れるの？」

「さぁ。ええと、変装……？」

「……本気？」

「いや、言ってみただけ」

ぼくたちは黙りこんだ。

やがてぼくは千晴の手から携帯電話をもぎ取った。「なにすんだよ」と文句を言う千晴をほっといて、とある掲示板に流れていった。

ぼくが切れてしまったネットワーク。あの町の××中学校の生徒だけが出入りする掲示板だ。谷津凪山《やつなぎやま》に墜《お》ちた宇宙船の情報がいちはやく流れた場所。青い瞳をした宇宙人の噂や、先生の悪口や、新しくできた本屋にいる万引きGメンの特徴やら。なにもかもが混沌《こんとん》と無意味に高速で流れ続ける場所。かつてぼくの居場所の一つだった——。

「なんだよ、これ」

「ぼくの中学の掲示板。もしかしたら、なにかあるかも」

「へー……」

ぼくは最新のログを読み始めた。

おそろしく混沌とした情報が流れていた。ぼくのこともう噂になっていた。いや、それは当たり前だ。しかしそれにしても、流れているのは宇宙人よりもぼくのことが圧倒的に多いことに、自分で驚いた。掲示板は巣籠カナの噂で持ちきりだった。

3—Dの巣籠カナ、親父さんを刺して逃走中だって。

マジで？　すげぇ。

刺したんじゃないよ。弓で射ったんだよ。

まさか。適当なこと書き込むなよ。

ほんとだって。それにあいつ弓道部《きゅうどう》だったじゃん。

逃走中ってどこに？　こんな小さな町にいたらすぐみつかっちゃうだろ。

覗《のぞ》きこんでいる千晴の顔が次第に怪訝《けげん》そうになっていった。ぼくはごくっと唾《つば》を飲んだ。せっかく友達になった子に嫌われたくなかった。ぼくは震え声で千晴に言った。

「ぼく、ハンザイシャなんだ……」

「……どういうこと？　ここに書いてあること、もしかして……ほんとだってことか？ただ家出しただけじゃねえの？　親父をKOしたとか言ってたの、この……」

「……」

答えられなくなった。

千晴に嫌われるのがすごくこわかった。

もう考えまい、と思った。ぼくは頭を横にブンブン振った。千晴が少しあきれたような声で、ぼくに言った。

「……おまえ、ちゃんと、悪いとか思ってる？」

「わ、わかんない……」

考えたくなかった。

——ネットはどんどんおかしな噂を増やしていった。


巣籠カナだけど。

女。赤い髪の女と逃げたって目撃情報アリ。オレの姉貴が。

警察には言ってないって。


その女ってなに？


××精神病院の患者らしいよ。AAクラスの超危険人物。

完全に、頭、ヤバいやつだって。


——これを読んでぼくは頭を抱えた。なんだろう、これ……？

××精神病院のAAクラスの患者の話は、いったいどこからきたんだろう？　確かに、危険な患者が逃げるとパトカーまで出動して捜すって話だけど……。

令嬢誘拐事件のことには、驚くほど誰も触れていなかった。あまり興味がないんだろうか。ぼくの事件と宇宙船の事件だけが、繰り返し繰り返し語られていた。

語られるほど言葉は無意味になっていった。

途中でおかしなメッセージが一つ混ざっていた。あの地元ケーブルテレビに出演していた評論家が、ぼくを捜しているというメッセージだ。

〈ジャンヌ・ダルクこと巣籠カナさんは、もしこのメッセージを読んでいたら、ここに連絡して下さいとのことです〉

と、03で始まる東京のどこかの電話番号が書かれていた。なんのことだかよくわからなかった。

ぼくがため息をついてスクロールを休むと、代わりに千晴が携帯電話を奪い取って、読み始めた。

「……あ」

「なに？」

「カナ、これは……」

千晴が急にまじめな顔になった。

ぼくが再び千晴の手に渡っていた携帯電話を覗きこむと、そこにはとある情報が書かれていた。ぼくは黙って、唇を噛《か》んだ。千晴が心配そうにぼくの横顔をみつめ始めた。

――ガラガラガラッ！

サッシが開いた。エアコンに暖められた部屋の空気がベランダに流れだしてきた。白雪が不思議そうに首をかしげて、

「なにしてんの？　二人とも」

「し、白雪……」

ぼくはつぶやいた。

白雪も心配そうな顔になり、ぼくたちに近づいてきた。そして携帯電話の液晶画面を覗きこむと、あぁ……とつぶやいて、千晴と同じ顔をしてぼくを見た。

ぼくは部屋に戻り、フローリングの床にぺたんと座った。白雪も千晴も固唾《かたず》を飲んでぼくを見守っていた。

やがて千晴が、

「この人、知り合い？」

「うん」

「……これ、カナのせいだろ？」

「うん……」

ぼくはこくこくとうなずいた。明らかにぼくのせいだった。ぼくがなんとかしなくてはいけない問題だった。人に迷惑をかけるつもりじゃなかったのに……。

ぼくは千晴に「電話貸して」とつぶやいた。千晴はうなずいた。

そうしてぼくは、自分の携帯電話と一緒にメモリーをなくしてしまったので、NTTの番号案内に聞いて、お兄ちゃんちの自宅の番号に電話をした。

胸が痛くて、ため息がいくつも出た。

——ネットの掲示板には一つの情報があった。ぼくがもうころされてる、という説だ。仲良くしていたロリコン男にころされて、庭に埋められてるという説で、それがただのつまらない噂ではない証拠に、そのロリコン男の自宅が家宅捜索されて、警察に事情聴取もされたという近所の子の目撃談が続いていた。

そのロリコン男とは、電脳戦士のことにちがいなかった。ぼくはトゥルルル……と呼びだし音が続くあいだ、それをただ聞いているうちに泣けてきた。ポロポロと涙が落ちるのを、白雪と千晴が固唾を飲んでみつめていた。

——カチャ。

『……はい、〇〇でございます』

なんだか聞いたことのあるようなないような名字が、聞いたことのないおばちゃんの声で名乗られた。ぼくは飛びあがった。考えてみればこれは自宅の番号なのだから、おかあさんとかお手伝いさんとか、お兄ちゃん以外の人が出ても不思議はないのだった。しかし、もしぼくからの電話だとばれたら、お兄ちゃんはもっとひどい目に遭わされるかもしれない。あわてふためくぼくから、匍匐前進《ほふくぜんしん》で近づいてきた千晴が携帯電話をもぎ取った。そしてちょっと大人びた低い作り声でもって、言った。

「水前寺とー、もうしますがー」

……それから小声でぼくに、「そいつの名前、なに？」と聞いた。ぼくが一生懸命思い出したあげくに伝えると、千晴はうまいこと男の友達を装って、お兄ちゃんを呼びだしてくれた。

それから大真面目な顔でぼくに携帯電話を渡す。

ようやくお兄ちゃんが出てきた。ぼくはしゃべろうとして、涙を飲みこんでしまい、

「……ひっく！」

小さくしゃっくりをした。

電話の向こうで、お兄ちゃんが息を飲むのがわかった。

『カナか……？』

と、お兄ちゃんは言った。

Ω

その声は低くて、疲れていて、だけどしっとりと水分をふくんだような、独特の声だった。電脳戦士の声だった。ぼくは切れ切れに、そうだよカナだよとか、お兄ちゃんごめんとか、こっちのゲーセンにあった最新のゲームの名前とか、支離滅裂にいろいろ言った。

お兄ちゃんは小声で、

『カナ、おまえ名字、水前寺だっけ？』

「ちっ、ちがうよ。巣籠だよ。いまのは友達。ぼくは巣籠だよ」

『だよな……。いまちょっとボーッとしてて、自分の記憶とかあいまいで。よかった。オレ、カナをころしてないよな。そりゃそうだよな。あぁ、そうだよな』

「お、お兄ちゃん……。なに言ってんの！」

『いや、うっかり洗脳されそーになってた。カナ、元気か？　元気ならいい』

――お兄ちゃんはネットに流れていたとおり、ぼくと仲がよかったと誰かに告げ口されて、ロリコンだと言われて、部屋の中とか庭とか車とかを徹底的に調べられたとのことだった。昨夜ぼくがお兄ちゃんちに行ったことを、近所の誰かが見ていたらしいのだった。部屋にあった怪しいゲームとか雑誌とかが原因でさらに疑われて、今日はずっと警察で搾られていたと……笑った。

ぼくは犯人なのに。義父に怪我をさせて、母親のカードでお金を引きだして逃げた子なのに。どうしてそうなるんだろう？

ぼくは泣きながらお兄ちゃんに何度もあやまった。お兄ちゃんは弱々しい声で、でも笑っていた。

『いやオレ警察でもほんとのことしか言ってねーし。え、警察で？　なんかなー社会のクズとか言われたけど。うんでもオレ、カナのこところしてねーし。ぜんぜんいいんだよ。あーでも、あれはこたえた。クズはこたえた。ふるえあがったよ。警察って、しみじみこえーな』

「お兄ちゃんは……ぜんぜんさ………」

ぼくはもう泣きじゃくってしまって、ごめんなさいを連発しながら、切れ切れに言った。

「お兄ちゃんはクズなんかじゃないじゃん。なんにもしてない人捕まえて、勝手に疑って、暴言吐く人のほうがクズだよ。ひどいよ。ごめん。それに……」

ああ、ぼくは、逃げるぼく自身もクズだ、と思えた。逃げたいけど。時間を巻き戻されても同じことすると思うけど。逃げずにあの町で大人になったお兄ちゃんを責める資格は、ぼくにもほかの大人にもないはずだった。ぼくはただただ泣いた。

『泣くなよ。カナ……』

「う、うぅ……お兄ちゃんごめん…………」

『あぁ、オレ、カナに逢《あ》いたいなぁ』

お兄ちゃんはボソッとつぶやくと、小声で『あ、ヤベッ。また警察きた』と早口で言った。

『じゃ、切るぞ、カナ。元気で。カナ、オレ……』

「うん？」

『なんでもねぇ。そうだな……。また逢おうな。あのゲーセンで。ある日ばったり、また逢おうな』

「う、うん……」

『カナ、がんばれよ』

「うん……！」

『じゃあな……』

電話は切れた。

ぼくはなんだかやたらと人恋しいような気持ちになり、またお兄ちゃんにあまりに悪いという気もして、その電話機でもってクラスの友達の電話番号を調べて、続けてかけた。割と仲がよくて、いっしょにふざけあった子だ。幸い友達本人が電話に出た。ぼくが名乗ると、

『す、巣籠ぃぃぃぃぃ!?』

電話の向こうでおっそろしい声を立てた。ぼくはなつかしい声にホッとして、それから、この友達が巣籠カナから電話があったと話してくれたら、ぼくがころされてるっていう根も葉もない噂は消えるだろうと思った。

友達はひとしきり騒いだ後、急に小声になった。

『どうしたのよ？　どこにいんの？　みんな、もう大騒ぎだよ。近くにいるの？　隠れてる？　あ、もしかして誰かの家？』

友達はやつぎばやに、ぼくが仲のいいクラスメートの名前を挙げていった。ぼくはさすがにウケて、笑いながら、

「ちがうよ。もっとずっと遠くにいるの」

『えぇ～……？　遠くぅ～……？』

「うん」

『巣籠、クールすぎ……』

「ねぇ、そっちどんな感じ？」

『警察の人が捜してるみたいだけど……よくわかんない。噂にはなってるけどね』

「そっか……」

『噂のほうはねぇ、ええとね、〝ころされた説〟の後、〝外国で捕まった説〟でしょ、そのほかは……あ、ヤバい女の子と逃げたからもう死んでるかもって説もあった』

なんだかやたらと死んでる系の話になるのだなぁと、ぼくは少し心外に思った。元気だよということと、帰らないということを友達に伝えた。おかあさんにごめんって言っておいて、と口にした途端、なぜか胸が誰かにぐっと踏まれたように苦しくなった。

友達の声ははしゃぎすぎていて、明るすぎて、ぼくは逆に、だんだんと、たいへんなことをしてしまったのだと感じ始めた。不安が強くなっていった。考えまいとするけれど、頭の中がいろんなことでいっぱいになっていく。

友達は少しだけしんみりして『元気でね』と言った。それからぼくたちはお別れを言いあった。また連絡すると約束させられた。切り際に友達は寂しそうな声で、

『じゃ……』

とつぶやいた。

「うん」

『……さよなら、巣籠』

電話は切れた。

さよなら、という言葉がとても強く胸に響いた。


——その夜、ぼくはまた泣きながら眠ってしまった。白雪にあんたの本名は？　と詰め寄ることも忘れて、この先どうしようと悩むことも忘れて。ぐしぐしと泣きながらいつのまにか眠ってしまった。

暖房が効いているのに、寒くて震えた。布団に潜りこんでただただ震えた。

夜半過ぎに、ふと目を覚ました。

真冬の夜で、ぼくは暖房の効いた部屋の中にいても寒さを感じていた。そのはずなのに、目を覚ましたそのとき、さっきとは逆になぜかとても生暖かくていやな空気が部屋を満たしているのがわかった。ぼくは目を開けた。

そして、自分が起きてはいなくて、まだ夢の中にいるのだということに気づいた。

怖い夢の中に。

〈カ、カカカ、カナ……！〉

義父の赤い顔が、窓を開けて、迫ってきていた。

ぼくは——逃げ場所を探した。

ここはあの田舎町のぼくの部屋ではなく、東京の、新しくできた友達、千晴の広い部屋なのに。窓のサッシを開けて、幻のように、あのときみたいに義父が入ってこようとしている。幻はあの町からぼくを追いかけてきたのだ。ぼくに追いついてしまったのだ。

逃げたいけれど、体は凍りついてピクリとも動かなかった。目を開けて見回すと、白雪はぼくと同じベッドの中に、千晴はベッドのすぐ下の床に、それぞれ丸くなって眠っていた。起きる気配もなかった。ぼくは恐怖のあまり死んでしまいそうだった。

〈カ、カカカ、カナ……！　どうして私を射った？　どうしてあんなことをした？〉

義父はニヤニヤ笑いを顔に張りつけて、詰め寄ってきた。手にガムテープとビニール紐《ひも》を握りしめていた。胸から血が流れていた。ぼくは叫んで逃げようとしたけれど、のどからはただ息を吐くような音しか出なかった。

〈かわいがってやったのに。高校も大学も出してやると……。おまえの母親は納得していたのに……！〉

おかしな言い方だった。義父はこんなしゃべり方をするだろうか？　これはぼくの頭の中の義父なのかもしれない。頭ではそう思ったけれど、心はおそろしさに押しつぶされて、なにがなんだかわからなくなっていた。

ぼくは震え声で叫んだ。

（へんな目で見ないで。血の繫《つな》がらない人と一緒に暮らすなんてやだ……）

義父はぎょろりと目玉を剝《む》きだしてこちらを見た。赤い口が開く。

〈カ、カカカ、カナ……！〉

——ぶわり。

風が吹いて、義父が舞いあがり、ベッドの上に着地してきた。ぼくは大きな悲鳴を上げた。急に声が出るようになり、飛び起きた。生暖かい不気味な空気はかき消えて、代わりに白雪と千晴が、

「きゃっ！」

「なんだぁ!?」

叫んで飛びあがった。

GIジョーを引っ張って千晴が電気をつけた。ぼくはポカンと口を開けていた。二人がじっと見ているので、

「……ごめん。夢、見てた」

「おどかすなよ」

千晴が文句を言った。

白雪がもにょもにょとなにか言って、また丸まって眠ってしまった。ぼくは髪をかきあげてため息をつき……そして、部屋の中に充満しているその匂いに気づいた。

それは——

柿のような匂い。

腐りかけたような、いやな匂い。

ぼくは声にならない悲鳴を上げ、千晴に向かってつぶやいた。

「へんな匂い、しない……？」

「どんな？　屁《へ》？」

「ちがーう。なんかね、柿みたいな感じの。腐ってる感じの」

「カナじゃないの？」

「あのねー。かわいい女の子からそんな匂いがするわけないでしょ」

「おいおい、自分で言ってるよ」

千晴はあきれたように言った。

匂いは薄れてきた。目が覚めてきたのだ。ぼくは安心して、心の中で、この部屋には白雪も千晴もいるんだと言い聞かせた。それはどこか鈍感な母親よりもずっと頼りになる気がした。

千晴が起きあがったまま、「なんなんだよ、夢って」と聞いた。ぼくは切れ切れに、義父のことなんだと答えた。喋《しゃべ》ろうとして息が苦しくなり、何度も息を吸った。千晴が頭を振った。ぼくと千晴はそれぞれ上着を着て、サッシを開けて肌寒いベランダに出た。星がきれいだった。夜中だから誰も歩いていなかった。

ぼくは喋ろうとして、またチカッ、チカッ——と瞼《まぶた》が震えて、ブラックアウトした。

暗い世界。

今度はなかなか戻れない。

目を開けると……

あのときのあの部屋にいた。

その夜は、母親が町内会の会合とやらに出かけて留守だった。母親はほとんど家から出ない人で、ぼくは郊外の古い一軒家であるその家の、二階の角にある自分の部屋で勉強しながら、そういえば義父と二人きりになるのはここ五年間で初めてだ、と気づいた。たまに母親が出かけるときには、義父も仕事で遅くなることが多かった。夜の七時を少し回った頃。ぼくはラジオをつけて、パーソナリティのかなりどうでもいい、意味をなくしながらノリだけが加速していくようなトークを聞きながら、世界史の参考書を広げていた。どうにも勉強に身が入らなくて、かったるくて、先週のホームルームのとき回ってきたプリントを取り出して眺めたりしていた。それはクラスと性別と出席番号と名前を書いて、四角く囲まれた場所に〈将来なりたい職業〉を書くというプリントだった。そういえば明日のホームルームまでに書いて提出しないといけないんだった。ぼくはシャーペンを片手に、なにも思いつかないしピンとこなくて、ただぼーっと白いプリントをみつめていた。

と、そこにニュースが流れた。

『今夜六時二十七分頃、××県××市谷津凪山山頂付近で白い閃光《せんこう》を見たとの目撃情報が相次ぎ、またその時間にドーンと大きな音が響いたとの情報もあり、××市消防局では確認作業を急いでいます。近辺を飛行中の航空機はなく、警察では未確認の飛行物体、もしくは隕石《いんせき》の可能性があると見て……』

「み、未確認の飛行物体って……」

　ぼくは思わず声に出してつぶやいた。

××県××市というのはぼくが生まれ育ったその田舎町で、谷津凪山というのは、いわゆるぼくたちの〝学校の裏山〟だった。そこにへんなものが墜《お》ちたらしい。って、なんだよそれ……。

　よくわかんないけど、ちょっとおもしろかった。と、机のかたわらに置いてある携帯電話がメールの受信を告げた。クラスの友達からだった。

『谷津凪山に　UFOが墜ちた　らしいよ。
宇宙人が一匹　逃げたって』

　ぼくは吹きだした。

　適当に返信してから、中学校のやつらが書き込むネット掲示板を覗《のぞ》いてみた。思ったとおり、UFOが墜ちた、青い瞳《ひとみ》をした宇宙人が走って逃げていった、ちがーう、アメリカ軍の戦闘機が墜ちたんだってば、普通に考えると隕石だろ？　などとさまざまな書き込みで溢《あふ》れかえっていた。

みんな退屈してるんだな……とぼくは思った。

それからぼくは思いついて、将来なりたいものを書かなくてはいけないプリントに、ちょっとしたジョークのつもりで〝宇宙人〟と書いてみた。……あんまりにもふざけてるのがみえみえだったので、やっぱり消しゴムで消そうとした。消しゴム、消しゴム……。

と、そのとき……。

ふいに……。


その部屋に……。


そこではしないはずの匂いが漂った。

柿の匂いが。

ぼくは息を飲んで振り返った。

閉めたはずの窓が……十一月の寒空で、ときたま空気を入れ換えるほかは閉め切っているはずの窓が……。

開いていた。

ぴゅう、と冷たい北風が入りこんできた。その風からはまた、柿の匂いがした。一階の台所やリビングではいつもするけれど、この部屋で絶対にするはずのない匂い。風にお気に入りの水玉カーテンが揺れた。カーテンの向こうに義父の顔が見えた。暗い顔だった。いままで見たことのないような、暗い、だけど炎が燃えているような顔。義父はぶっとい片手にガムテープを、もう片方の手に白いビニール紐《ひも》を持っていた。怪しかった。あからさまに怪しかった。義父はぼくと目が合うと、「カ、カカカ、カナ……!」と痰《たん》の絡まったような低い声でつぶやいた。

ぼくは立ちあがった。逃げ場を探した。やっぱりやっぱり、変な匂いしたもんこの人、とか、なんとなく母親はそれを感じていて、あまり家を空けなかったんじゃないかとか、いろいろと考えた。世界史の参考書が、風に煽《あお》られてバタバタ、バタバタ、と激しくめくられていった。まだぜんぜん覚えてないページまで、どんどんめくれていく。

「カ、カカカ、カナ……」

「こここ、こないで! おっ、おかあさーん!?」

ぼくは子供みたいにおかあさーんと言ってしまった。恥ずかしかった。だけどとっさに出る悲鳴は「きゃー」か「おかあさーん」だと決まっているのだ。仕方ないのだ。それで……。

ぼくの意識は一度、ぷつっ、と、大きな音を立てて、途切れた。

——暗くというより真っ黒に視界も思考も飛んで、チカッ、チカッと光が見えて、トンネルの中を抜けるようなゴォォォォォ……という轟音《ごうおん》が耳の奥で響いた。

すごく長い時間が経ったのか、ほんとはほんの一瞬のことだったのか……わからないけれど、ふっと意識が戻った。どこかに飛び立ちそうになった意識が、やっぱり思い直して、ひゅうっと素早く体に戻ってきたみたいな感じだった。目の前にはさっきと同じ状況が展開されていた。窓のところに同じ人が、部屋の中には相変わらずぼくが。教科書はバタバタ音を立ててめくれ続けていた。

「……お、おかあさ」

ぼくはまた言った。

しかし母親を呼ぶぼくの情けない声は、町内会をやっている通りを三つも隔てた町内会長の家まで、届くはずはなかった。胸騒ぎがして急に帰ってきたりも、しないようだった。部屋を出るためのドアは、窓のすぐ横にあった。窓からは義父が身を乗り出していて、ドアからすり抜ける前に義父に捕まりそうだった。袋小路だ。ぼくは焦り、ビビり、そして……。

ぼくは、こわかったんだ。

ぼくは、じゃあ武器は、武器、と部屋中をきょろきょろ見回した。

そして……

武器が……あった。

——ぼくは今年の夏まで、中学校の部活動で弓道をやっていた。映画の中で見たきれいなエルフのお兄さんが弓使いだったので、つい入部したというだけだった。部員の全員が持っている弓と、矢。グラスファイバー製で、長さが七尺もある大きな弓は、部屋の中で邪魔と言えば邪魔だった。

ぼくは弓を構えてぎりぎりと矢を引き絞ってみせた。もちろんただのポーズだった。ぼくはただぼくの部屋から、唯一の自由な場所から、義父に出ていってほしかったのだ。窓からだなんてわけのわからない侵入が、心の底からこわかったんだ。だけど、窓枠をずんずん乗り越えていまにも入ってこようとしていた義父は、弓と矢に気づくと、ギョッとしたように動きを止めた。

「お義父《とう》さん、なにしてんの？」

「カ、カナこそ。そ、その弓を、しまえ。どうして義父さんに向けているんだ。お、おかしいぞ」

「おかしいのは、自分が持ってるガムテープとビニール紐じゃん」

「……いや、こ、これは。ちがう、これは。待て、カナ！」

義父は足をそろそろと窓枠から降ろした。一階の屋根部分に戻った。

それにしてもどうしてわざわざ窓からやってきたんだろう？　ドアに鍵《かぎ》はかかっていな

いのに。庭から上ったんだろうか？

そのときぼくには、すべてが芝居がかって、靄《もや》の向こうで展開される出来事のように感じられた。気が遠くなった。こんなわけのわからないことが起こるなんて信じられなかったのだ。

ふと、夕方学校から帰ってきたとき、ダイニングのテレビをつけたらザーザーと走査線《そうさせん》が走るばかりでなにも映らなかったことを思い出した。一階の屋根から二階の屋根によじ上ったところにあるはずの、テレビのアンテナのことも。ガムテープとビニール紐は、折れたアンテナへの応急処置なのではないかとふいに閃《ひらめ》いた。

ぼくがふと表情を緩めた瞬間、義父の暗い顔に笑みが浮かんだ。いやな笑みだった。ぼくは……それにしても閉まっていた窓を開けて勉強部屋に入ってくる必要はないことに、また気づいた。義父の笑みが迫ってくる。

どっち？

有罪？　無罪？　推定無罪⁉

わっかんないよー！

ぼくは困り、目がくらんで、だけどこんなものを人に向けるのはいけないことだと思った。母親が見たらきっとすごく怒って、ぼくから取りあげてしまうにちがいない。ぼくは弓を下に降ろそうとした。

だけど、そのとき……。

逃げようとした義父がふいに強気に戻り、怒鳴った。

「カナ、ふざけるな！　早くそんなものを降ろすんだ！」

ぼくはびっくりして、びくんっと体を震わせた。

その震えで……。

ぼくの手から、力が、するりと抜けた。

「……あ？」

下に降ろすつもりだった弓から手が離れて、矢が放たれ、まっすぐに飛んでいった。それで……。

それで……。

矢は、義父の胸と鎖骨のあいだぐらいに、まるで柔らかいものを楽々射貫《いぬ》いたというように突き刺さってしまったんだ。

信じられなかった。ぼくにも、義父にも。

だからぼくたちは、互いに、驚いたようにみつめあった。

「お、お義父さ、……………？」

ゆっくりと……。

義父が……。

屋根の上に、仰向《あおむ》けに、倒れた。それからゴロゴロゴロゴロッと大きな音がした。ぼくはあわてて窓に駆け寄った。窓枠に血がべったりとついていて、ぼくの手のひらはそれでずるりと滑った。ゾッとした。義父の大きな体は敷地を越え、隣家の庭に、胸に矢が突き刺さったまま落下し、ドーンと大きな音を立てた。

呆然《ぼうぜん》と見ていると、隣家の夫婦が駆けだしてきた。胸に矢を刺して倒れている義父に、奥さんがきゃああと悲鳴を上げ、夫のほうが、いったいどうしました!? と聞いた。義父のか細い声が聞こえた。

「カ、カナに……やら、れた…………ッ!」

そ、そんな言い方……。

夫婦は灯《あか》りのついているぼくの部屋を見上げた。そしてハッと息を飲んだ。ぼくはいま自分が射ったのですと言わんばかりに、大きな弓を持って窓際に立ち尽くしていた。夫婦は悲鳴を上げ、屋根の下に逃げこんだ。夫のほうが奥さんに、

「きゅ、救急車、救急車だ!」

そう叫んだ後、ぼくに向かって、

「そこにいろよ! そこに!」

……ぼくはおとなしく部屋にいた。

過失なんです、とやってきた救急隊員に言えば大丈夫だと自分に言い聞かせた。何度も何度も言い聞かせた。それに、義父がガムテープとビニール紐を持って窓から入ってきたんだと言えばわかってもらえる、と。救急車の音が近づいてきた。ぼくは、ちゃんと言おう、とまた自分に言い聞かせた。

……救急車だけじゃなかった。

パトカーのサイレンも聞こえてきた。

警察だ。

ぼくは捕まるの……？

窓の外を見ると、隣家の夫婦がじっとこちらを見上げていた。怯《おび》えたような瞳《ひとみ》は、ぼくが異常殺人鬼だとでも思っているようだった。ちがう、ちがうのにー！

隣家の夫婦の目には怖れと、そして憎しみがあった。わけのわからない理由で人を殺《あや》めようとするなんて。そんな子供の存在を、我々大人は絶対に許さないからな。そう言っているように見えた。義父はよき隣人として認知されていた。ぼくは無愛想な連れ子として認知されていた。……ダメじゃん。

そして……。

パニックに陥ったぼくは、逃げたのだ。

その後もストレスとともにブラックアウトと覚醒《かくせい》が続いた。それでも走って逃げて、電脳戦士に別れを告げて、ダストシュートで宇宙人をみつけて、それで……。

いま、ここにいるんだ。

――気づくともとのベランダにいて、ぼくはぼくの意志と関係なく、千晴に、自分が弓で義父を射ってしまったあのときのことを説明していた。

義父に悪気があったのか、それともぼくの自意識過剰で、ほんとはそんなことじゃなかったのかまだ迷っている、と語る自分の声が遠く聞こえた。あぁ、それも考えたくないのに。しゃべっちゃった……。

と、千晴があきれたようにくすんと鼻を鳴らした。

「……なによ?」

ぼくは完全にもとの状態に戻った。乖離《かいり》が終わり、普通に声が出せた。千晴が言った。

「おまえって、アホなの?」

「げっ。なんで?」

「あのなー、カナ。なにを迷ってんだよ」

千晴はかわいそうにーアホはなーと失礼なことをつぶやいた。それからけっこうでっかい声で言った。

「そんなの決まってんじゃねーか。そいつはエロエロ親父だろ」

「げげぇ!? そうなの」

「当たり前じゃん。そんなの、義理の娘の部屋の窓から半分侵入してきてて、手にはガムテープとビニール紐《ひも》? テレビのアンテナなんて関係ねぇよ。目的は一つ。一発でわかれよなー、それぐらい」

「……」

千晴はすねたように唇を尖《とが》らせた。

「でも、ぼく、弓で射った」

「……それは確かに重大ハンザイだな」

千晴は困ったように言った。

「オレにも、どうしたらいいか、わからん」

「……だよね？」

それからぼくたちはかわりばんこにため息をついて、部屋に戻った。千晴はぶつぶつと
「エロエロ親父だ」とつぶやきながら、毛布の中に潜りこんだ。また天むすみたいなポーズになって、振り返る。

「おまえ、もう寝ろよ。命令だからな」

「……はい」

「おやすみ、カナ」

千晴がそう言って電気を消すと、眠っていたはずの白雪ももにょもにょと、

「おやすみ、巣籠カナ……」

そうつぶやいて、またくぅくぅ寝息を立て始めた。

A

その翌日。朝から空はまさに冬晴れって感じでピカーッと晴れていた。調子に乗って窓を開けた白雪が「くしゅん！　くしゅん！」とくしゃみを連発して、びっくりしたような顔をして窓を閉めた。もぞもぞと起き出してきた千晴が、ティッシュの箱を放ってきた。白雪は「……ちーん！」と勢いよく洟《はな》をかんで、「はぁ」と息をついた。

起きあがった千晴が、恒例となった天むすのポーズでしみじみと言った。

「なんだって、最初は初めてなんだよな」

「……えっちな話？」

「ばーか。カナのばーか。じゃなくてオレさ、女の子がさ」

立ち上がった千晴はウーンと伸びをして、それから首を左右に振った。ぼくと白雪はぼーっと千晴を見上げていた。千晴は続けた。

「女の子が洟かむ音って、初めて聞いた。男と一緒なのな」

「当たり前じゃん」

「ちょっと感動。感動はおおげさか。でも、女の子も人間なのなぁ」

急に千晴がかわいらしく思えたので、ぼくは立ちあがり、寝ぼけまなこのままで千晴に近づいて、やつの頭をなでなで、なでなでした。白雪もつられたように近づいてきて、千

晴の頭をごしごしなでた。それからぼくのほうを不思議そうにみつめて、

「……なにしてんの、カナ」

「いや、小犬がかわいいように、いま千晴がかわいくて」

「つまり、寝ぼけてるのね？」

「多分それ。あー……おはよ」

千晴はすねたのか、ぼくたちの手を振り払って、顔を洗うために部屋を出ていった。ぼくはまだあくびをしていたけれど、白雪はしっかり目を覚まして、千晴の勉強机、いやゲーム机の上に投げだされた映画情報誌を楽しそうにめくり始めた。ぼくはその下にあった週刊のゲーム雑誌をめくり始めた。自分の家でやっているときのくせで、気になる記事が載っているページをみつけるたびに折って、印をつけてしまった。あ、これぼくの雑誌じゃないんだった、と気づいて元に戻そうとしていると、千晴が部屋に戻ってきた。ドアの前でポカンと立ち尽くして、ぼくと白雪をみつめている。

「……ん？　どしたの？」

「あんたたち、人の部屋で、それにしてもくつろいでるわねぇ」

千晴が女の子な語尾をつけてつぶやいた。その語尾は彼のあきれた気分を表現するのにベストだった。ぼくはふくれっ面になって、

「いいじゃん」

「いいけど」

「ねぇ、巣籠カナ。映画行こ」

唐突に白雪が言い出したので、ぼくと千晴は同時に彼女のほうを振り返った。白雪は映画情報誌のページを開いてぼくに見せていた。渋谷のミニシアター系の映画館を指差している。愛と哀しみのなんとかかんとか、とかいうタイトルだった。ぼくは顔をしかめて、

「うへー。なにそれ。いわゆるデートムービーってやつ?」

「ちがうよ。わたしこういうの、本気で見るもん。気合い入れて見るもん」

「へんなやつー」

わーわー言い合いながらも、ぼくは白雪に根負けして、一緒に渋谷に行くことを約束してしまった。というか、いろいろ不安で、目前の不安から逃げたくて、とりあえず遊びに行くことにしたのだ。千晴はあきれて「それどころじゃねぇんじゃないの? カナ……」とつぶやいていた。

白雪が千晴も誘うと、彼は逃げるように、

「愛と哀しみどころじゃねーから、オレ。学校行かなきゃ」

「……愛ってつくと、千晴、逃げ腰だよね」

「意味わかんねーもん。まだそういうの」

千晴は正直に言った。それから肩をすくめた。ぼくと白雪は顔を見合わせた。白雪が代表して、

「わたしたちもわかんないよ」

「……じゃ、なんで見に行くんだよ」

「わかんないからじゃないの。みんな愛とかテーマにするのって」

千晴は振り向いた。

真顔で「なるほどな」とうなずきながら、クローゼットから出した中学の制服に着替え始めた。


渋谷は大きな駅だった。

地下鉄を乗り換えて、その駅に着くまでのあいだ、ぼくと白雪はたわいもない話をしていた。白雪はコートのポケットの中に、昨夜熱心に作っていたドールをしまいこんでいた。黒髪のおかっぱのほうだけそっと出して、ぼくのポケットにぐいぐい押しこんだ。

「なにしてんの？」

「これは巣籠カナだから。ていうか、プレゼント」

「あのねー。……どうして自分たちのドールをつくるわけ？」

「わたしたちってかわいいから、絵になるじゃん」

「……千晴がいればつっこんでくれるのに」

渋谷駅に着くと、白雪は熱心に雑誌の映画館マップを見ていた成果なのか、巨大なスクランブル交差点をのしのしと渡り始めた。ビルの壁にオーロラビジョンがあって、ひっきりなしにアーティストの新曲プロモを流していた。人がたくさんたくさんいて、あっちからこっちから、ななめにぼくたちにつっこんできた。それをよけながらなんとか歩き続ける。

ぼくは白雪の後ろ姿をみつめた。

さっそうと歩いている、その後ろ姿を。

ふいに怒りがこみあげてきた。白雪にすごく振り回されてる気がしてきた。もちろん、弓で射ったのも、家を飛びだしたのも、あの町から逃げたいと願ったのもぼく自身だった。白雪はそんなぼくにぴったりの相棒だった。リードしてくれたし、そのくせときどき頼りなくて、ほっとけなかったし。

だけど、白雪はぼくになにも話してくれないのだった。

ぼくの事情は全部知ってるのに。

白雪、あんたは……。

宇宙人なの？

ＡＡクラスの狂人なの？

それとも、誘拐されたお嬢さまなの？

白雪、あんた……。

ぼくは前を歩く白雪に大きな声で呼びかけた。

「ねぇ……綾小路麗々子さん？」

白雪の肩がピクリと震えた。

振り返りそうになって、長い赤茶けた髪が揺れて、でも振り返らなかった。スクランブル交差点の信号が点滅し始めた。白雪は、ただ後ろを歩くぼくの手をぎゅっと握りしめて走りだした。信号が赤に変わる直前に、ぼくたちは交差点を渡り終えた。白雪はふっと息をついた。

それからぼくを見た。大きな瞳《ひとみ》はやっぱり青みがかり、虹彩《こうさい》が宇宙空間みたいにきらきらしていた。

「なんか言った？　よく聞こえなかった」

「白雪、あんた……嘘つきでしょ」

ぼくの声に、白雪の顔がかすかに歪《ゆが》んだ。

「……わたし、嘘なんか」

「どうして逃げてるの？　記憶、ほんとは戻ったんじゃないの？　ほんとの名前も、自分でわかってるんじゃないの？　ぼくに……なにも話さないのは……ぼくのことを

…………」

「巣籠カナと一緒にいたいんだよ」

「白雪……」

「わたし……」

白雪はのしのしとセンター街の喧噪《けんそう》を歩きながら、言った。ぼくはその言葉に戸惑って、赤くなり、

「そりゃ、ぼくもそうだけど。だけど白雪はなんにも……」

「……」

「それとも、話したら一緒にいられなくなっちゃうようなことなの……？」

「……そのドール、大事にしてよね」

「うん」

「大人になっても。それは巣籠カナだからね。いまの巣籠カナだからね。大事に……してよね」

「わかってるよ」

ぼくたちは、恋人どうしが痴話喧嘩《ちわげんか》しながらも寄り添って歩くようにくっついて、センター街を早足で歩いた。

映画館の前に着くと、白雪が朝から見たいと騒いだその映画の上映時間まで三十分ぐらいあった。朝一番の上映にはそんなにお客さんはこないらしくて、時間に余裕があった。

ぼくはゲームをしたがり、白雪は洋服を見たがった。そこで上映十分前に映画館の前で待ち合わせということにして、坂を上がりきったところで別れた。白雪はかわいい服や小物が溢《あふ》れているファッションビル、パルコに向かって走っていき、ぼくはさすが渋谷だなぁと感心するような、おしゃれな外観のゲームセンターに一人で入った。

そう、ぼくは振り返りもせず、入ったのだった。

またすぐに……二十分後に逢《あ》えるんだからと思いこんで。

だけど、この二十分がぼくたちの明暗を分けた。結果的に、ぼくと白雪は二十分後、映画館の前で逢えなかった。

ぼくが捕まってしまったのだ。


ゲームセンターの中は空《す》いていた。場所柄なのか、カップルが二人で楽しむゲームがあっちこっちに溢れていた。入り口辺りに黒服の男が五、六人たむろしていた。まるでお葬式帰りみたいな黒いスーツに黒いタイ。靴まで黒いエナメルで、一人はサングラスまでかけていた。ぼくは不審に思って彼らを振り返った。ゲームセンターに、しかも午前中からこんな様子の男たちがいるってのはよくわからなかった。男たちはなにか耳打ちしあい、店から出ていった。振り向くと、パルコのほうに早足で向かっていった。

ぼくはふと思いだした。

特急列車に乗って、田舎町から東京駅に着いたとき。振り向くと黒服の男が必ずいたのだった。気になって何度も振り向いた。ぼくたちを尾《つ》けてきているような気がして。その後も、千晴の家の前でああいう一団を見た。

結局あれは気のせいだったのか、それきりそんな男は見なくなっていたけれど……。

ぼくたちはそれをメン・イン・ブラックと言って笑っていたけれど……。

ぼくは考えながらも、店の奥に入っていった。

ヤバイと思ったときには、そのおばさんと目があっていた。

こんな店に午前中からいそうにもない四十歳ぐらいのおばさん。地味な色のスーツに、引き結んだ唇。おばさんはぼくを見て立ち上がった。腕の腕章が、ゲーム機のあいだから見えた。ぼくはくるりときびすを返した。

おばさんがなにかつぶやいた。

と、店の入り口からも、同じ腕章をした中年男が入ってきた。ぐるりと見回して、ぼくをみつけ、のしのし近づいてくる。ぼくは別の入り口から外に出ようとした。走りだした。

ゲームセンターを出て坂を下りようとする。と、店から追ってきたおじさんとおばさんが、なにか叫んだ。坂の途中にあるお店や通行人の中から、同じ腕章をつけたおじさんおばさんが、冗談みたいにわらわらと出てきた。ぼくは心の中で白雪の名前を呼んだ。一人で不安で、逃げたくて、パルコに向かって駆けだした。

白雪、白雪。助けて。二人なら逃げられる気がするよ。ぼく、捕まっちゃうよ。白雪、出てきて。またぼくの手を引っ張って、「逃げよーぜ、巣籠カナ」って言って。あの似合わない男の子っぽい台詞《せりふ》。あのときうれしかったんだ。白雪……。

綾小路麗々子さんでもいいから。宇宙人のδδδ、ζθλ、ξ、φφ、ψ、σσσσσでもいいから。狂人でもいいから。あなたがだれでもいいから。

ぼくはとにかく白雪と逃げたかった。どこまでも。いつまでも。

だけどそれはいまや、叶《かな》わぬことになろうとしていた。

——パルコに向かって駆けだしたぼくは、同じ腕章をつけたおじさんおばさんの大群に囲まれて、息もできないほどに焦っていた。この大群を率いてパルコに飛びこんだらどうなるか、と考えた。

腕章には〈補導員〉と書かれていた。

家出少女、巣籠カナはみつかってしまったのだ。

平日の昼間っから渋谷をうろついたからだ。ぼくのばか。白雪のばか。やっぱりぼくたちは十五歳《ᅟ》なんだ。あぁ、夕方までおとなしくしてればよかった。ていうか、昨日は捕まらなかったのに。運が悪いよー。

ぼくは一瞬で覚悟を決めた。

ぐっと歯を食いしばった。

——白雪だけは、逃がしたかった。

あの子の事情はさっぱりわからなかったけれど、宇宙人なのか、誘拐令嬢なのか、狂人なのか、なにがなんだか。だけどあの子が、ぼくと同じで、逃げたがっていたのは事実なのだった。白雪だけでも逃がさなくちゃ。ごめん白雪。ぼくドジッたんだ。もう逢えない。急だけど。ああ、いやだ。捕まるなら一緒に捕まりたいけど、白雪には白雪の逃げるべき現象があって、そのことはぼくには、関係、ないんだ、きっと……。

ぼくは反対側に走りだした。パルコに背を向けて。白雪に背を向けて。そしてあっというまに捕まった。柔道でもやっているらしい補導員のおばさんに背負い投げされて、アスファルトの上にふわわーんと着地した。びっくりして見上げると、青空が見えた。おばさんが覗《のぞ》きこんでいた。例のヤワラの人に顔が似ていた。

ぼくが切れ切れにそう言うと、おばさんはうなずいて「……よく言われる」とつぶやいた。

通りがかりらしい若い男が、ビックリしたような顔をして、おばさんに背負い投げされて仰向《あおむ》けにぶっ倒れている女子中学生、すなわちぼくをみつめていた。ぼくはその若い男の顔を、どっかで見たなぁとぼんやりと考えた。テレビかな？　ぼくこんな都会に知り合いいないし。千晴と白雪しか。考えてるうちに、そのヤワラみたいな人に「起きなさい。いつまで寝てるの。まったくダラダラして」と怒られた。ぼくはムクリと起きた。ふてくされたような顔で立ちあがると、その若い男はまだぼくのほうをじっと見ていた。

B

　そういうわけでぼくは、渋谷署の少年課というところに連れていかれてしまった。平日からぶらぶらしていたからと補導されて、両親を呼びだされて厳重注意される、という基本コースがあるらしいのだけれど、たまたま補導してみたらぼくがずいぶん遠くからの家出少女で、しかも家庭で傷害事件を起こして手配中の凶暴犯だということが判明し、途端に少年課は大騒ぎになった。ほかの子たちと一緒にされていた部屋から一人だけ、こわい顔をした警察官に呼ばれて引き立てられていった。ぼくは壁時計を見上げた。もう映画は始まっていた。ぼくは、白雪は映画館の前で待っているのだろうか、と考えた。白雪に待ちぼうけなんてさせたくなかった。いつまでも映画館の前でぼくを待つ白雪を思い浮かべた。雨なんか降ってきたらどうしよう、と思ったとき、窓の外をひらひらとなにかが舞い落ちてきた。なんてこった。雪だった。東京に雪が降るなんて。積もりはしないだろうけど。白雪は傘なんて持ってなかった。ぼくは急に泣きだした。そこにしゃがみこんで、怪我をした獣のように咆哮《ほうこう》した。白いタイルはたくさんの人に踏まれて、汚れて、汚かった。ぼくの大粒の涙がぼとぼと、ぼとぼとと落ちた。ぼくは以前こんな声を聞いたことがある、と思った。そして、あぁ、電脳戦士が泣いたときだ、と思いだした。ぼくがいなくなると言ったとき、お兄ちゃんはＪＡの制服をびしょびしょに濡《ぬ》らして、こんな声で咆哮したのだった。

　お兄ちゃんの気持ちが、少しだけわかる気がした。

　しゃがみこんで激しく泣きだしたぼくに、強面《こわもて》の警察官が困ったようにオロオロし始め

た。人が集まってきて「どうした？」「おい、なんとかしろ」と騒がれると、その警察官はお腹を押さえて、

「オレ、女に泣かれると胃が、いてて、キリキリと……うっ！」

トイレに駆けこんでしまった。さっきのヤワラの人がのしのし近づいてきて、ぼくを抱えあげて歩きだした。泣きながら両足をばたつかせるぼくに、大声で言った。

「うるさい！」

ぼくは、ぴたり、と泣きやんだ。

ヤワラの人は怒り狂った声で叫んだ。

「黙れ、ワガママ娘！　おまえみたいなつまんねぇ若者が、日本をダメにするんだ！　泣いてんじゃねぇぞ。甘ったれ！」

……ひどい。

ぼくは反論しようとした。そして自分に言葉がないことに気づいた。日本をダメにしたのは、果たして、ぼくか？　それは大人のほうが糾弾されるべき事柄かと思ってたんだけど。漠然と。ええと、ちがうの？

ヤワラの人はまだ怒っていた。抱えたぼくのお尻《しり》をピシリと叩《たた》いた。周りの警官もひいていた。

「育ててくれる親を弓で射るなんて、おまえは動物以下だ。ばか野郎。世の中、なめやがって。親には恩で応《こた》えろ。産んでくれた恩。育ててくれる恩。食わせてくれる恩。わかる

か？」

……なにか反論したい。

ぼくののどの辺りでいろんな言葉が、声になる前に泡みたいにはじけて、消えた。望んで生まれてきたとは言い切れない。勝手に産んでさ、と文句を言いたいこともあった。恩ある親はもっとぼくを信じてくれるはずだ、とか。この手でころすみたいなこと言わずに、言い分をもっと聞いてくれるんじゃないかとか。

だいたい、ガムテープとビニール紐《ひも》を持って窓から入ってきたりしないんじゃないかとか。

親に感謝なんておかしいとか。学校も、勉強も、世の中も好きじゃないとか。自分のことだって好きって言い切れないとか。ゲームは好き。お菓子も。同じ趣味を持つ、話の合う友達も。ぼくに言えるのはそれぐらいだ、とか。

そんなことは、でも、ぼくがなにか言おうと息を吸うたび、ヤワラの人に先に怒鳴られてしまって、結局まったく声にはならないのだった。

「どれだけ親に心配かければ気が済むんだ。満足か？　悲しませて苦しませて、怪我までさせて、満足か？　このばか娘。反省しろ。もっとちゃんと生きろ。世の中をなめるな」

「……自分の子供にも、そういう態度？」

やっとそれだけを言った。

ヤワラの人は、一瞬、無表情になった。

それからとても傷ついた顔でぼくをみつめた。ゆっくりとぼくを床に降ろした。このおばさんは誰かの母親らしい、と、なんとなくぼくは気づいた。

自分の母親を思いだした。あの……病院で、ぼくについて語った声も。

(――この手でころしてやりたい!)

ぼくはポケットに手を入れた。へんな感触がした。あぁ、これはドールだ。ぼくそっくりに白雪が作ってくれたドールだ。黒髪のおかっぱで、デニムのパンツとクリーム色のコートを着ている。洋服までそっくりのを探して着せてくれたのだ。

ぼくには白雪がいる。

そう思った。

母親のことも、警察権力のことも、ネットワークのことも信じられなかった。

ただ、正体のわからない不思議な友達のことだけを思った。白雪がいる、どこかで息をしている、リアルに生きてる、ということだけがいま信じられた。だけどその事実はやはり無力だった。ぼくはただ力いっぱいポケットの中のドールを握りしめた。

(そのドール、大事にしてよね。大人になっても)

白雪の声がよみがえった。心配するまでもなく、大人になる日なんてあまりに遠く、それどころか永遠にこないようにすら感じられた。ぼくが立ちすくんでいると、また視線を感じた。

窓の外からだった。

渋谷署の前の道路。人気のない裏通り。

はらはらと雪が舞い落ちる、その道路。

そこに立った若い男がこちらを見上げていた。じっとぼくをみつめているらしかった。

ぼくはそれが、さっきゲームセンターの前で背負い投げされたときに見ていたのと同じ男だと気づいた。そして見覚えのあるその顔を……どこで、いつ見たのかも。

ケーブルテレビだった。地元のニュースで……中学生の乱れた性について特集したとき、ゲストとしてきていたあの評論家だ。

中学生の側に立っていろいろとしゃべっていた人。

そして……

新聞に妙なコメントを載せた。

それからあのネットワークに侵入して、ぼくにおかしなメッセージを残した。

あいつだ。

……どうしてそんなところにいるんだろう？

ぼくはとまどった。

そのとき、のしのしと大柄な男が近づいてきて、ぼくの頭を小突いた。ぼくは乱暴に、よくわからない薄暗い個室に入れられた。ドアが閉まった。大きな音だった。

「

「君は、自分のしたことがわかっているのかね？」

刑事らしきおじさんが静かな声でぼくに語りかけた。パイプ椅子と机。向かい合って座ったぼくたちの横には、制服の警官が立っていた。

おじさんは資料を取りだして机の上に置いた。おとといの夜、××県××市で起こったその傷害事件についての詳細がプリントアウトされているようだった。巣籠カナ十五歳、と書かれているのが見えた。ああ、ぼくは本当に手配されていたんだなぁ、と急に実感がこみあげてきた。ぼんやりしているぼくに、おじさんは苛立《いらだ》ったように、

「人に刃《やいば》を向けて生命の危険に晒《さら》すということが、人間として許されることか？　子供だからといって悪ふざけで済む問題ではないんだよ。……わかってるのか？」

苛立った声に、ぼくは萎縮《いしゅく》して黙りこんだ。おじさんは続けて少し乾いた声で、

「親御さんがどれだけ心配したか。わかってるか？」

「……ぼく、どうなるんですか？」

「ぼくぅ？」

おじさんは得体の知れないものを見るようにぼくを見た。女の子だよな、と確認するように、資料と、あとぼくの顔と、胸辺りを凝視した。ただの視線だけれど、胸のへんがも

ぞもぞと気持ち悪かった。おじさんはかすかに舌打ちし、

「傷害事件については、幸い親御さんが告訴されないと決められたようだ。ただ、家族を……父親を弓で射るというのは異例の事件だからね。君はじっくりと精神鑑定を受ける必要がある。そしてその結果によっては……」

「ぼくは頭がおかしいわけじゃありません」

「それは大人が決める」

おじさんはひんやりとした声で言った。とりつくしまもない声だった。それからぼくに、動機はなんだ？　と聞いた。聞いたくせに、ぼくが、

「その……義父が、窓、に………」

説明しようとすると、遮られた。じゃあ、聞かないでよね。

「言っておくけどな、おまえ、社会を甘く見るなよ。なめるなよ。こんなことをしてただで済むと思っているなら、おまえはばかだ。適当なことをして逃げればいいなんて思っているなら……まったく、子供ってやつは単純だな」

「……ちがいます」

「このことでどれだけたくさんの大人が動いたか、わかっているのか。救急隊、病院、警察……。自分一人のわがままでどれだけたくさんの大人に迷惑をかけたか」

「……」

ぼくの心には、ガムテープとビニール紐をつかんで窓枠に足をかけている義父の姿が浮

かんでいた。それはけして消えない、おそろしいイメージだった。それからあの病院の廊下でうつむいて座っていた母親。場違いに明るいピンク色のショールが薄暗い照明を浴びていた。（この手で、ころしてやりたい……！）あの声。いつもとは別人みたいなこわい声。

考えると心はどんどん凪《な》いだ。逆にいろんなことに鈍感に、なにもかもを薄い膜を一つかけた向こうで起こっている遠い出来事のように感じ始めた。ぼくはヤバイと思った。追いつめられてるんだと思った。

「この二日、どこにいたんだ？」

「……それは言えません」

おじさんがカッと怒ったのが、気配でわかった。だけどぼくは唇を嚙《か》んだまま、それ以上はぜったいに言わなかった。「調べればすぐにわかるんだぞ」と怒鳴られた。嘘だと思った。白雪にも千晴にも迷惑をかけたくなかった。ぼくが黙っていればわかりっこないのだ。銃のことも。宇宙人のことも。

おじさんは鼻を鳴らし、

「まったく、最近のガキは。色気づいて。すぐに男とくっつく」

「……！」

「そういうことだろ。え？」

「……ちがいます！」

「じゃあなんで隠すんだ！　どうせ、大人に言えないようなことをしてたんだろ！」

ぼくは顔を上げた。

そのおじさんの顔は、驚くべきことにあのときの……窓枠を乗り越えて入ってこようとしたときの義父と同じ表情を浮かべていた。赤らんだ頬に、暗い視線。それは欲望の色だった。大人のいろんな汚いことの色だった。勝手にいやらしいほうに想像して、怒っている。家出少女は勝手にポルノチックなイメージに変えられてしまった。ありがちな。

ぼくは、滴り落ちるような嫌悪感でもっておじさんを見返した。生きてる限り、こういうことは続くのかなぁと思った。どうしたらいいのかは、相変わらずぜんぜんわからなかった。十五歳《ハタチ》だから。

やがておじさんが、

「お義父《とう》さんが迎えにくるそうだから。さっき特急に乗ったって」

「……へっ？」

ぼくは夢から醒《さ》めたように飛び上がった。

「お義父さん？」

「ああ。……なにを驚いてる？」

「おかあさんじゃなくて？」

「君のおかあさんは心労で倒れた。いま入院中だ。お義父さんのほうは、幸い傷も浅いから。もう退院して自宅療養だ」

「重体なんじゃ、ないの……？」

ぼくはつぶやいた。頭が真っ白になった。ど、どうしよう……。

「てことは……ぼくは、このまま家に帰されて、お義父さんと、二人で……？」

すうっと――血の気が引いた。

またチカッ、チカッ――と瞼《まぶた》が震え始めた。肩ががくがく震えた。

おじさんはそんなぼくの顔を、じっとみつめていた。ふとなにかに気づいたように目を細めた。ぼくはもう、一言も口を利けずにただみつめ返していた。

おじさんは卓上電話を手にすると、内線でどこかにかけた。「――さん、呼んでくれる。至急」というのが、聞こえた。ぼくは黙って座っていた。

やがてドアが開いた。

若い女の人が入ってきた。

――その女の人はミニのスーツにブランド物のバッグを持ち、さらさらのロングヘアをバレッタで後ろに留めていた。大人っぽいきれいな女の人だった。おじさんが立ちあがり、

「……眠そうだね」

「そうですか？」

「また昨日、デートだったたな」

「あら、わかる？」

その女の人は、絵に描いたようなオヤジトークに、絵に描いたような余裕のオトナ返し

をした。おじさんは小声でなにかささやいて、ぼくのほうを見た。女の人もぼくを見た。それからうなずいた。

おじさんと制服の警官が出ていった。ぼくはその女の人と部屋に二人きりになった。

女の人は名刺を出して、なにかいろいろと自分の仕事の説明をした。要するに、急増する成人男性による女子小、中学生相手のいたずらへの対処が彼女のいまの仕事で、それは最近になってできた部署で、異例の大抜擢《だいばってき》でもって部長になって……みたいな話だった。

彼女はぼくに向かってにっこりと笑いかけた。それはそのとき優しい笑顔に思えた。

「男の人には言いにくいことも、わたしになら言えるでしょ。さぁ、話してみて」

「……」

「あなたの事件、ヘンよね。義理のお父さんをとつぜん弓で射った。だけどそれまでは傷害事件もなにも起こしてない、まっさらの女の子よね。万引きもなし、学校にもちゃんと通ってる。しかも、お父さんがあなたに射られたのは屋根の上よね。お父さんは屋根にいて、あなたは室内から射った。……お父さんはなにをしてたの？」

ぼくは話そうと思ったけれど、恥ずかしさや屈辱感が強く襲ってきて、自分をそんな気持ちにさせたその女の人に反発を感じ始めた。思わず強い声で、

「知りません」

そう言うと、女の人はとつぜんカッとした。怒りの気配が伝わってきて、ぼくはあわてた。女の人の声は急に低くなった。さっきまでの優しそうな笑顔はもうなかった。

そしてぼくに顔を近づけて、

「あら、わかるでしょ？　もう中学生なんだし。最近の子供は進んでるっていうじゃない。ねぇ、思った通り言えばいいのよ」

「……」

ぼくはもうしゃべれなかった。女の人は容赦しなくなった。

「お父さんは、あなたの、なにが、ほしかったの？」

「……」

ぼくは立ちあがった。

女の人は不思議そうに、

「あら？　なにか気に障った？」

「い、いえ……」

「わたしの言い方が悪かったのかしら？　でもね、わたしはあなたの口から聞きたいのよ。そうしないと証言としても価値がないし。いい？　世の中っていうのは、自分で主張しないとなにも変えられないのよ？　戦って勝ち取るしかないの。わかるでしょ？　あら……なに、気分が悪いの？」

女の人は、困った子供を見るような目つきでぼくを見上げていた。むせかえるような香水の匂いがした。ぼくはたじろいだ。

「ぼくには、そんな……人にあげるものなんて、なにもないし……」

「ぼくぅ？」

また言われた。

ばかにしたようなニュアンスに聞こえた。コートのポケットからはみだしたドールの頭に気づいて、女の人が手を伸ばした。機嫌を取るような声で、

「あら、こういうの流行《はや》ってるの？　なにこれ。あなたにそっくりじゃない。服も同じね。自分で作ったの？」

「……返して！」

ぼくはドールを奪い取った。たじろぐ女の人を涙目でみつめた。そこにドアが開いて、さっきのおじさんが戻ってきた。立ちあがって壁際に立っているぼくを見て、女の人のほうを責めるように見た。おいおい、失敗したな、というような視線だった。女の人はあわてて、

「ええと、巣籠、カナさん。トイレね？　トイレに行きたいのね？」

――失敗したんじゃないと意地を張るように、ぼくに向かって何度も「トイレよね」と言った。ぼくはトイレにでもどこにでも逃げたくなったので、とりあえずうなずいた。女の人に手を引っ張られて、トイレに向かった。

廊下を歩きながら、女の人は小声でぼくにささやきかけてきた。その声は冷静で、いかにも仕事モードの声だった。なんだかこわくて耳をふさぎたかった。

「ねぇ、巣籠カナさん。あなたが自分のことを〝ぼく〟って呼ぶようになったのは、いつ

から？」

「……」

「髪も、伸ばさないのね」

指を伸ばして、ぼくの肩で切り揃えた黒髪に触った。それは不気味にセクシャルな触り方で、そのくせふざけ半分で軽い雰囲気だった。そんなものはぼくにとっては未知のもので、なんだか気持ち悪いと思った。黙っていると、

「恰好《かっこう》もあんまり女の子っぽくないのね。ブーツにデニムのパンツ。かわいい男の子みたい」

「……」

「おかあさんがお義父さんと再婚したのは、あなたが小学四年のとき、よね？　もしかしたら、あなたがカナちゃんからカナくんになったのはその頃なんじゃないの？……ちょっと、聞いてるの？」
カ、カナくんって……？
ぼくは逃げるように女子トイレの個室に入った。女の人は外で待っていた。

——逃げられないかな。

そう思ってトイレの窓を見た。そこは鉄格子がはまっていて無理そうだった。ぼんやり見ていたら、窓の鉄格子がなぜか外に向かってゴトッと取れた。ぼくはびっくりして飛びあがった。

窓から、鉄格子の代わりに顔を出した人がいた。あの若い男だった。評論家の。いかにもひ弱な細い腕でもって、そいつは鉄格子を外して、窓から中を覗《のぞ》きこんでいた。壁にビターンと張りついてビビッて自分を見ているぼくに気づくと、彼はニコッと笑った。

「よぅ、巣籠カナ」

「……えっと？」

「ちょうどよかった。捕まったみたいだったから、助けにきたんだけど。くる？」

「は、はぁ？」

「君の話が聞きたくてね。なんつーかぼくのフィールドワークとしてね。くるかい、ジャンヌ・ダルク？」

「ジャ、ジャンヌ……？」

ぼくは絶句した。

ジャンヌ・ダルクなんて呼ばれたくなーい、と強く思ったけれど、ほかの選択肢はいまいち思いつかなかった。ぼくはうなずいて、窓に向かった。

ドアの外から「まだー？」と、あの女の人に聞かれた。

「……も、もうちょっと」

「もうっ。はやくしてよねー」

ぼくは窓に向かった。

そこは二階だった。ぼくを引っ張ろうとして、雨樋《あまどい》に足をかけていた評論家が滑って、落ちた。ぼくは窓から這《は》いだして、雨樋を伝っていねいに下に降りた。

つまりぼくは、また——

逃げだしたのだった。

Vol.6

[FOUND DEAD]

Δ

ああ、小学生の頃はよかったなぁぁ。

とか最近思う。ときたまだけど。ベタな言い方すると、自由だった。でも自由ってなに？　中三になったいまだって、ぼくたちはべつに、働かなきゃいけないとか、この地区から出ちゃいけないとか、夜中にうろついたら撃ち殺されるとか、そういう危険な状況にいるわけではなかった。

要するに自由ってのは、そこにいないってことじゃないのかなぁとか思うわけで。

小学生のときは、ぼくはいないも同然だった。子供だから。母親は仕事していて、帰りが遅くて、ぼくは近所の友達んちに預けられていた。そこで同い年の友達とか少し年上の人たちとかと、子供部屋に籠《こ》もってゲームばっかりやってた。ぼくはいないも同然だった。夜になって家に帰ると、母親が戻ってきていて、二人でごはんを食べて、宿題やって、寝る。……ほら、いない。

気楽で、自由だった。

それから小四になって、母親が再婚した。ずっと家にいるようになった。家族団らんみたいなことをしなきゃいけなくなって、だけどその真ん中にいるのは知らないおじさんで、おとうさんって呼ばないといけないので心の中だけでこっそりお義父《とう》さんって発音して……。ぼくはお小遣いで近所のゲームセンターに通うようになった。百円で長く遊びたかったので、かなり一生懸命技とか覚えて、指が神の領域に踏みこんだかのようにやたらめったら自在に動くようになって……。なんだかもう、一人で延々、ゲームに熱中していた。夜になると家に帰った。小学生のときのぼくは、やっぱりいないようなものだった。空気みたいに透明。

だけどいまは——

ぼくは、いる。

受験のこととか、塾のこととか。中学生になったぼくに母親はやたら構うようになったし、ぼくの年齢は、大人ではないけれどそろそろ将来のことを考えて、学校でも志望高校とか将来なりたい職業をプリントに書いて提出しないといけなかったり、家で親から聞かれたり。大人として……社会の一員としてどうやって生きていくんだ、と突然周りから詰め寄られてる。

もう、自由じゃない。

だからぼくは、もう一度いなくなろうとして、逃げだしたのかもしれない。

だけど〝いなくなる〟のは、予想に反して困難だった。補導員に捕まるしへんな女の人に知ったかぶりされるしへんな男の人に勝手に英雄扱いされるし。

ぼくはぜんぜん、いなくなっていないのだった。逃げたつもりだったのに。

E

——その車に乗ろうとした瞬間、遠くから誰かの声が聞こえた気がした。ぼくはとっさに振り向こうとして、その若い男にぎゅうぎゅうと頭を押さえられ、車の中に押しこまれた。若い男——評論家が運転席に乗りこみ、車は急発進した。ぼくは自分がいる助手席が右に、評論家がハンドルを握る運転席が左にあることに気づいた。

びっくり。外車だ。映画の中にいるみたい！

ぼくはそのやたらせまい、よく見ると後部座席のない、わけのわからないかっこいい車の中をぐるぐると見回した。いちごポッキーとかドンタコスとか冬だけ限定の小枝とか、つまりお菓子の箱が山になっていた。評論家は知らんぷりして車を飛ばしていた。大きな通りを抜けて走っていく。「あ、ラフォーレ……！」おしゃれなファッションビルの前を走り抜けた。

急に評論家が言った。

「この車、気に入った？」

「……はぁ」

「なかなかいいでしょ。高いよ」

うれしそうに評論家が言った。車が好きなんだな、と思った。よくわかんないけど「すごいですね」と答えると、ますますうれしそうになった。

ぼくはポケットの中のドールを握りしめた。

「あのー……」

「君を助けた動機？」

「そうです。ていうか、あれ、ヤバいんじゃないですか。警察のトイレを外から開けて
……」

「ヤバい、ヤバい」

評論家はうなずいた。……楽しそうだ。

「だけどさぁ、ぼくはほんとにヤバいことにならない程度に危険なことが大好きだから。捕まったって厳重注意で済むし。出版社に泣きついて弁護士雇ってもらっちゃうし」

「……」

「あ、お菓子。自由に食べていいよ」

「……はぁ」

よく見ると、どのお菓子も食べかけだった。誰かが開けて少し食べたのだ。ていねいに開けられた箱もあれば、おおざっぱにバリッと開けられた袋もあって、それはこのお菓子の山が、何人かの人によって少しずつ食べられたということを示しているようだった。ぼくは警戒心を強くして、

「あのぅ、どこか適当なところで降ろしてもらえますか？」

評論家は答えなかった。

「助けてくれて、ありがとうございました。あの、帰るんで」

「どこに?」

「……」

今度はぼくが黙りこんだ。

もちろん、千晴んちと思ったのだった。白雪が帰ってきているかわからないけど、確かめて、それから……。

評論家が急に大声を出した。ぼくは飛びあがった。

「逃がしてやってもいいけど、ぼくのフィールドワークが終わったら、だな」

「……え? フィールド?」

「フィールドワーク」

——キキーッ!

急ブレーキをかけ、赤信号で車が停まった。逃げられるかなと思ったけど、手首をぎゅうっとつかまれていた。びっくりするぐらい強い力だった。血が止まっちゃいそう。ぼくが「痛いってば!」と叫ぶと、評論家はこちらをゆっくりと振り返った。

無表情だった。

ぼくはその顔にぞっとして、ただみつめ返した。評論家の目はまるで死んでからだいぶ経った魚のように濁って、どんよりとしていた。義父やさっきの刑事みたいな欲望の色ともちがった。凪《な》いで曇った、へんな顔だった。

　この人、苦手だ……！

　ぼくは顔をしかめた。評論家が言った。

「フィールドワークっていうのはね、ぼくがずっと取り組んでいる仕事だ。いいかい？　この都会のいまを生きるリアルな中、高生のリアルな生き様、リアルないまをだね、このぼくが取材して、伝えるんだ。そのために君を捜してた」

「はぁ……？」

　評論家が〝リアル〟と発音するたびにいやな気分になった。ていうかリアルってなんだろ？　ああ、もう帰りたいよ。お菓子もいらないし……。

「巣籠カナ、君はね、現代のヒーローだよ。汚い大人に向かって矢を射る日本のジャンヌ・ダルクだ。君は父親を弓矢でもって射貫《いぬ》いた。そして逃げた。それは現代の家庭の崩壊から生まれた必然なんだ。君の話が聞きたい」

「えええ!?　いや、あの、ぼく、たまたま手を離しちゃっただけで、そんなつもりぜんぜんなくて」

「そんなはずないだろう。君はわざとやったんだ。頻発する子供の犯罪。それは必然だ。世の中が悪い。こんな世の中が悪いんだ。君は矢を射ることで、父親とそして現代に抗議したんだ。いいかい？　こんな世の中、クソだ。だからムカつくやつがいたら刺していいんだ。射っていいんだ。それが君たちの権利だ。ぼくは君たちを理解してる。応援してやる。君たちの味方だ。代弁者として大人の世界で発言してやる」

「……」

「お菓子、食べなよ」

信号が青に変わり、車はまた急発進した。ぼくの心臓がドキドキといやな音に鳴っていた。評論家のむしゃくしゃした破れかぶれな気分が伝わってきた。運転も乱暴だった。

ぼくは、君の話が聞きたいと言う割には一言もしゃべらせず、自分ばかりが話しているこの男の人に、弱り切っていた。

「……ぼくはそんなつもりなかったんです。それはあなたの想像です」

「君はジャンヌ・ダルクだ。ぼくがスターにしてやる。リアルなスターに。ぼくときなさい」

「……ぜったいいやだ」

ぼくはきっぱりと言った。

評論家の考え方とか理屈とかよりなにより、ぼくの心にまずダイレクトに響いたのは、ネーミングセンスの壊滅的にだめな感じだった。そんなふうに呼ばれるのはぜったいにいやだった。

それに……。

評論家はこちらを見て、だめ押しのように言った。

「大人が全部悪いんだよ。だろう？」

「……自分も大人じゃん」

「ぼくはちがう！」

それから評論家は、いろんな事件を例に取って、少年犯罪についていろいろ述べ始めた。どの犯人のこともヒーロー扱いしていて、現代の義経《よしつね》だとか、竜馬《りょうま》だとか、いろんなネーミングをした。ぼくはブスッとして聞いていた。

「……だっさいネーミング」

「！」

評論家が怒りを含んだ顔でぼくを見た。ぼくはムキになって続けた。

「義経だの竜馬だの、すごくおっさんくさいよ！」

「ぼ、ぼくのどこが！」

「どうして人を刺してもいい、射ってもいいなんて言うの？　ぼくは後悔してるよ。あんなことするんじゃなかったって。どうしようもなくなって逃げただけで、自分のやったことが正しいなんて、一ミクロンも思ってないよ」

「……」

評論家は黙った。ふてくされたような顔だった。きっと、ぼくの言葉が望んだものじゃなかったんだろう。ぼくは続けた。

「そんなこと言いたいなら、自分がやりなよ。現代の義経とか竜馬とかになりなよ。いやなやつを刺したり、愉快犯みたいなことしなよ。自分はやらないくせに、ぜったいいやらないくせに、子供をはやしたてて、やらせて、それに自分好みの意味をこじつけて。楽しそう。楽そう。あんた、サイテー！」

「お、おまえなぁ！」

「大人はいろんなこと汚かったけど、だけど、あんたがいちばん汚い！　降ろして！　降りる！　なんにも話したくない！」

「好き勝手言いやがって。ガキが……！」

車がきゅるるる、と音を立てて停まった。

ぼくは辺りを見回した。

いつのまにかそこは、人気のない公園のかたわらにある横道だった。タクシーが何台か停まっていた。静かだった。昼間なのに、樹木が鬱蒼《うっそう》と茂って薄暗い。ぼくはこわごわと評論家を見た。彼は暗い目をしていた。こちらに両腕を伸ばした。なんだかその手だけがビヨーンと伸びて触手のように絡まってくるような、いやな気配がした。

チカッ、チカッ、チカッ――

また瞼《まぶた》が震えた。ブラックアウトだ。真っ暗になった視界。評論家の声だけが聞こえた。

頭の中にうわんうわんと響いた。

「この、ガキが」

「……！」

「ガキを黙らせる方法なら、知ってるんだよ」

目を開ける。

同じ車の中にいた。でもどこかがちがっていた。ぼくは評論家の腕をじっとみつめた。驚いたことに、その腕は目の錯覚ではなく本当にビョーンと伸びて、二本の触手になって体に絡みついてきた。さっき想像した通りの現実だ。どうなってるんだろう？ 触手の一本がぼくの首をぐいぐいと締めつけた。もう一本はセーターの中に侵入しようとしていた。ぼくはパニックして、女の子みたいな、いや女の子だけど、それにしてもベタなぐらい女の子な悲鳴を上げた。甲高い声。

「いやぁー！」

それからせまい車の中を逃げ回った。車は鍵《かぎ》がかかっていて、開かなかった。ぼくは外に助けを求めて、ガンガンと拳《こぶし》で窓を叩《たた》いた。

ぼくが暴れると、セーターの中でなにかを探している触手もあわせてうごめく。ぼくは必死だった。知らない人なんかに胸とか触られたくなかった。振り向くと、評論家の顔は──緑色をしたスライムのようなゼリー状のなにかに変わっていた。目も鼻も口もある。さっきまでと同じ。だけど、人間じゃない。

これ、人間じゃない!?

ぼくは必死で窓を叩き、触手に絞められている首にも手を伸ばして、息をしようとした。気が遠くなってきた。気絶しちゃう……。その前に舌とか噛《か》んだほうがいいかな。死んだほうがましだもん。気持ち悪い。知らない男の人。体とかセックスとかぜんぜんわかんないけど、これはいつか出逢《であ》うはずの大切な男の子のためにとっとくもんのはずだと思った。いつかどこかで誰かにそう習ったような気がした。って、いつ？　誰に？　母親に？　友達に？　大人になった自分に？　それとも保健体育の授業に洗脳された？　わかんないよ。でも、こんなとこでこんなに気持ち悪くなくすぐらいなら、死んじゃう。そうしよう。と、そのとき。自分の息と外の冷気のせいで白く曇った窓ガラスの向こうに、幻が見えた。逢いたかった顔の幻が。青い虹彩《こうさい》の輝く瞳《ひとみ》と、赤茶けた髪が見えた。ぼくは、こんな幻を見るなんて、自分はほんとにもう死んじゃうんじゃないの、と思った。だけどそれは幻じゃなかった。

「——どきなー！」

と、外から声がした。ぼくはとっさにどいた。白雪が構えているなにやら黒いものが見えたのだ。デザート・イーグル。またの名を、ララの銃。命名は水前寺千晴。白雪は両手でそれを握りしめ、千晴曰《いわ》くスタンディングの構えで立っていた。ぼくが顔をよけたつぎの瞬間、

——ずきゅうううぅぅぅぅん！

爆発音みたいなとんでもなくでかい音がした。

窓がパリーンと割れた。

ガラスの破片が飛び散ってぼくの上に降り注いだ。ぼくは目をつぶり、破片をよけ、それから窓の外に目をこらした。

誰もいなかった。

「あれ、白雪？　いたよね、白雪？　あれ……」

ぼくは窓から這《は》いだした。外に出ると、道路のだいぶ向こうに白雪らしき倒れている人がいた。またもや五十ミリ口径のデザート・イーグルに吹っ飛ばされて、大の字になったらしかった。

白雪が恥ずかしそうに、

「……あれれ？」

とつぶやきながら起きあがると、その下からなぜか制服姿の千晴も這いだしてきた。吹っ飛んだ白雪に潰《つぶ》されたらしい。

「白雪ぃ〜……」

思わずしゃがみこんで抱きついた。白雪はあまりに怯《おび》えたぼくの様子に、

「どしたの？」

怪訝《けげん》そうに聞いてきた。

「う、う、うっ……」

「うわー泣いてる。ちょっと、千晴。こいつ泣いてるよ。ねぇ、どしたのよ？」

「おか、おか、おか……おかされるところだったよー。き〜も〜い〜！」

「……」

白雪は一瞬、黙った。

それからぎゅううっとぼくを抱きしめた。母親みたいな仕草で、優しく包み込むように。

起きあがった千晴が、泣いているぼくに困ったような顔をしてうつむいた。白雪がつぶやいた。

「もうだいじょうぶだよ、巣籠カナ。誰もあんたを襲ったりしない」

「うん……」

千晴が近づいてきた。白雪は続けて、

「わたしは女の子だし、水前寺千晴にはそんな度胸はないし」

「げっ？」

「自分で言ったでしょ」

「言ったけど……」

千晴が不満そうに唇を尖《とが》らせた。

また雪が降り落ちてきた。天気雪だ。空は晴れ渡っている。

ぼくが泣きやむまで、白雪も千晴も黙って待っていてくれた。

Z

ようやく立ちあがったぼくを支えながら、千晴が白雪に文句を言った。白雪はびっくりしたように、

「いつか、つくさ。そういう度胸」

「ふぅん。そうなんだ」

「そりゃあな。オレの人生計画では。二十五歳ぐらいまでには」

「十年計画じゃん。どうして、つくの？　誰か女の子を好きになったらってこと？」

「女はばかだな。逆だよ、逆」

千晴は威張って胸を張り、言った。

「誰か女の子がオレのこと好きになってくれたら、だよ。そしたら世界が変わる」

「何色に？」

「まだ見ていない色を語る言葉はない」

白雪は目をパチクリした。

「かっ、かっこいい…………のかな？」

「疑問符をつけるなよー」

千晴は恥ずかしそうに顔を背けた。

白雪はクスクス笑いながら、ぼくを支えた。

三人で窓ガラスが粉々に砕け散った車のほうに歩いていった。ぼくはついさっき見たおかしな幻覚——のようなものを思い出していた。

ゼリー状の緑色に変わっていた、評論家の皮膚。触手となってぼくに絡みついた二本の腕。あれは人間じゃなかった。だけど、なんなのだろう。

幻覚かな……そうだよな……。

そう思っておそるおそる車の中を覗《のぞ》きこんだぼくの目に映ったのは、運転席いっぱいに飛び散った脳しょう……のようなもの、だった。

緑色の。

評論家の頭はデザート・イーグルの五十ミリ口径の弾丸でもって粉々に吹き飛ばされて、首から上がなくなっていた。首からは赤い血が噴きだして彼のシャツを染めていたけれど、辺りに散らばった彼の頭だったものは、全部緑色をして、ドロドロとあったまったゼリーみたいにガラスやハンドルにくっついていた。二本の腕も触手のままだった。二メートルぐらいあって、タコとかイカの足に似ていた。吸盤はなかったけど。

「どっ……どういう、こと？　これ、なに？」

二人の顔を振り返った。

——どうやらいちばん驚いているのはぼくで、白雪も千晴もなぜだか落ちついていた。

白雪が代表して、

「やっぱりね……」

「え？　やっぱりって、なに？」

「うん……」

白雪は千晴と顔を見合わせた。

H

二人が見合わせた顔をぼくのほうに向けて「あのさぁ……」となにか言いかけたとき、ぐるりとカーブ状になった道路の向こうから、大きな足音がたくさん聞こえた。白雪がビクッと肩を震わせた。

「どしたの？」

「き、きた！　また、きた！」

白雪はぼくの手をぐっと握りしめて、反対側に走りだした。千晴も走りだした。驚いているぼくに、千晴が、

「なんかずっと、白雪のことを追いかけてくるんだよ。こっちもこっちでたいへんだったんだぜ？　おい、白雪、撃て！」

「へ？　撃てっ？」

振り向くと、白雪がデザート・イーグルを構えてトリガーに指をかけていた。――ずきゅうぅぅぅぅぅん！ またもや大きな発砲音がして、白雪の細っこい躰《からだ》は道路の彼方《かなた》に吹っ飛び、ミニスカートがふわりと風をはらんで、白い腿《もも》と淡いピンクの下着が一瞬見えた。千晴が指差すものを見たぼくは仰天した。

そこには黒いスーツを着た男がいた。いまは一人だった。あの渋谷のゲームセンターでぼくが見た男たちの一人。パルコに向かってまっすぐ歩いていった……。

男は、ゆっくりと、倒れた。デザート・イーグルの千晴曰《いわ》く五十ミリ口径の弾丸でもって頭を撃ち抜かれていた。ぼくが思わず駆け寄ると、ピシリと空いた眉間《みけん》の穴から、緑色の液体が流れでてきた。人間じゃなかった。

ぼくは振り向いて、起きあがった白雪と立ち尽くしている千晴に言った。

「人間じゃない……みたいだけど」

「そうなんだよ。人間じゃないし、すっげぇ追っかけてくるし、わけわかんないし。まいるよ。さっきからずっとだぜ？」

千晴が困ったような顔をして言った。

白雪が起きあがって、

「まだまだくるよね。どうしよう……。弾《たま》もなくなっちゃうでしょ？ もう四発も撃っちゃったし」

「四発？」

「……四発？」

ぼくと千晴がほぼ同時に聞いた。

白雪ははっと息を飲んだ。それからつとめてなんでもないというように、

「まちがえた。三発だね。あの秋葉原のお店でと、さっきの車でと、いま」

「……どっかでもう一発撃ったの？」

ぼくが聞くと、千晴がそれを調べようとするように、銃に手を伸ばした。白雪は銃を背中に隠した。ぼくも千晴もそれ以上聞かなかった。ただ、怪しいなぁと思った。

白雪は遠くを見ていた。なんにも話してくれなさそうだった。


千晴が「二時間後にブラパで！」と叫んで走りだした。ぼくたちはうなずいて、千晴の後ろ姿を見送り……それからぼくがハッと気づいて、大声で千晴に聞いた。

「千晴ー。ブラパってなにー？」

「……ブラック・パイレーツ。オレと会った店だよ」

「ああ。なるほど」

ぼくがうなずいた。

と、白雪がハッとして、

「なんで二時間後なのー？」

「……弾倉《マガジン》の補給。なんとかする」

「できんの!?」

千晴はきっぱりと男らしい口調で、微妙に自信なさそうな台詞《せりふ》を吐くと、走り出した。

「わかんない」

ぼくたちは顔を見合わせ、別の方向に走りだした。走りながら白雪が、ぼくと離れてからのことを説明してくれた。

あの後、白雪もまた映画館の前には行けなかったのだ。

ゲームセンターでぼくが見かけた黒いスーツの男たち。彼らはパルコに向かって歩いていったけれど、それは白雪をみつけるためだったらしい。白雪を追ってきたあの男たちから、白雪は逃げた。よくわからないけど、逃げた。手近なベンチをみつけて思い切り持ちあげて投げたら、それにぶつかった男の一人が耳から緑色の血を出した。白雪はすごい悲鳴を上げた。

「カナー、って、呼んだんだよ。こわかったんだもん。そしたらパルコの前でとっつかまってるカナが見えてさ。パルコの二階のガラス越しに。あちゃーって思って」

千晴に電話して、学校から呼びだして。千晴は千晴で、昨日原宿に買い物に行ったとき、妙に黒っぽい集団を見て不審に思ったりしていたらしい。それから夜ベランダに出たときにも、どう見ても妙な黒服の集団が家の前を通り過ぎるのを見たのだという。ぼくがベランダに出たときなにか言いたそうな顔をして、結局言わなかったのはそのことだったらしい。

だから、白雪の電話にやっぱりおかしいなと思って駆けつけてくれて……。白雪と千晴は追いかけてくるスーツの男から逃げて、ぼくを助けようと渋谷警察署の前まで行った。そしたらぼくが二階の窓から出てきて、知らない男の車に押しこまれた。あのとき誰かに呼ばれたと思ったのは、白雪と千晴だったのだ。振り向けばよかった。ぎゅうぎゅう頭を押されてる場合じゃなかった。

千晴と一緒にタクシーを停めて、あの車を追いかけて。そのあいだにも黒いスーツの男たちは追ってきて。追いつ追われつ……。

「……で、あの男たち、なんなの？」

「……知らない」

白雪は走りながら、また嘘をついた。

嘘だなぁってなんとなくわかった。白雪は何者なんだろう？　へんな追っ手。へんな行動。一発多く撃っていた銃。超音波みたいな声。綾小路麗々子誘拐事件。山に墜《お》ちた宇宙船と、逃げたはずの青い目をした宇宙人。ダストシュートで凍っていた少女。町中を走っていたパトカー。逃げだしたＡＡクラスの狂人。

なにが起こってるの？

白雪は自分のことを知ってるんだ。だけど話してくれない。この秘密主義者！　友達なのに。

ぼくたちは走りながら、時折、街角に幻のように現れる黒いスーツの男たちを振り返っていた。やつらはずっとぼくたちを追ってきていた。いや、白雪を？　やがてぼくたちは秋葉原《あきはばら》に着いた。駅前の回転寿司屋《かいてんずしや》さんから出てきた男にぶつかった。「ごめんなさ……」謝ろうとして顔を上げると、黒いスーツを着ているのに気づいた。いや、最初からこんな恰好《かっこう》じゃなかった気がする。ぶつかった途端に黒服に変わったような……。

見回すと、辺りには黒いスーツの男がたくさんいた。まるで通行人がつぎつぎやつらに変わってしまったみたいだ。白雪が怯《おび》えたように立ちすくんだ。ぼくは、こいつらに捕まったら白雪はいったいどうなっちゃうんだろう？　と考えた。

その1　綾小路麗々子さんは警察に捕まってもとの家に帰りました

その2　宇宙人は同じ宇宙人に捕まってもとの星に帰りました

その3　狂人は病院スタッフに捕まってもとの病院に帰りました

その4　白雪は

白雪は……

ぼくは……

ぼくは白雪の手を引っ張った。白雪がビクンと肩を震わせた。迷子の小犬みたいな瞳《ひとみ》をしてぼくを見上げていた。ぼくは言った。キッパリと、かっこよく。

「逃げよーぜ、白雪」

「……うん」

白雪はこくんとうなずいた。

「え、どこに？」

「ブラパ」

「あ、そっか」

「その前に、残ってる弾を使っちゃおう」

「うん……！」

ぼくは、白雪がゆっくりと持ちあげた、大きくて光っていてとても重そうなデザート・イーグルにそっと手を添えた。細くて心許《こころもと》ない、女の子二人分の、つまり四本の腕がそれでもなんとかしっかりと銃を支えた。黒いスーツの男がゆっくりと近づいてきた。開いた口から、そののどの奥でうごめいている虫のような蛇のような見たこともない生物が見えた。ほんとに宇宙人なのかな？　ぼくは叫んだ。

「行くよ！」

「おっけー！」


——ずきゅうぅぅぅぅぅん！

男の頭はぐにゃりと溶けたゼリーみたいになった。緑色——ゴーヤみたいな色——をした脳しょうが飛び散った。白雪が泣きだした。「あ、泣いた」とつぶやくと、

「な、な、泣いてないもん」

「じゃあこれはなに？」

「ゆ、雪。溶けた雪」

白雪は晴れた空を指差した。

はらはらと白い雪が舞い落ちてきていた。青空から。天使の涙みたいできれいだった。また手を繋《つな》いで走り出す。

黒いスーツの男たちはまだたくさんいた。ぼくたちは走る。駅前は騒然としていた。「女の子が撃った！」「発砲した！」「銃？　みたいなの、持ってる……！」ささやき声の中を、走る。ブラック・パイレーツってどこだったっけ？

焦って通りを一つ間違えたりして、ようやく目指す路地にたどりついた。ああ、ここだ。ぼくは白雪の手を引いて、細い階段を上り始めた。後ろから男が一人追いかけてきた。白雪の髪をつかんで引っ張る。白雪が「きゃあ！」と悲鳴を上げた。ぼくは白雪の銃を奪い取って、男の頭をゴンゴン殴った。人間の頭とは思えない、奇妙に弾力のあるもわんもわんとした感触だった。立ち直った白雪がこっちに手を伸ばしてきた。デザート・イーグルにまた四本の腕を絡ませて、トリガーを引いた。

二人でひっくり返った。あわてて立ちあがり、また階段を走りだす。ようやく七階まで

着くと、あの故障中の自動ドアが相変わらず開けっ放しで、店員と、色違いのタクティカルベストを着た男の人たちと、そして千晴がいた。

彼らは相変わらず、なにやら侃々諤々《かんかんがくがく》と議論をしていた。旧日本軍の戦艦の話らしかった。ぼくと白雪が肩でハーハーと息をしながら、「ち、ち、千晴ぅ……」と声をかけると、振り向いた千晴が真剣な顔をして、

「お、はやかったな。これっ……！」

長方形をした黒っぽいものをたくさんくれた。ぼくと白雪のコートのポケットにぎゅうぎゅう押し込んだ。

「なにこれ？」

「弾倉。七発撃ったら入れ替えろよ」

「うん」

「ていうか、あいつらなに？」

「ぼくにもわかんない。駅前とビルの入り口辺りで、二人倒したけど」

白雪はやっぱり宇宙人で、だから緑色のスライムみたいなやつらが追いかけてくるんだと思う、とぼくは心の中だけで答えた。そしてそれを言葉に出す代わりに、首をコテンと横にかしげた。千晴は真剣に弾倉の替え方を説明してくれた。

ぼくは生返事した。

その店の入り口に、多分近所の派出所から配られるんだと思うけれど、指名手配犯のポ

スターが貼ってあった。若い男の写真の下に『未成年者略取誘拐』と書かれていた。ぼくがそれを見ていると、店員が気づいて、

「ああ、これ、貼ってくれって言われてここに貼った途端に、上からこのシール貼られてさ。この犯人、死体で発見されたんだって。だけど肝心の誘拐されたほうの子は、まだみつかってないって」

「はぁ……」

それは綾小路麗々子誘拐事件の犯人の顔写真だった。でもその顔を見ることはできなかった。

「射殺されてみつかったらしいよ、その犯人」

顔が見れないのは、顔写真の上から一枚のシールが貼られて隠されているからだった。そのシールは、死体で発見されたときに使われるものらしかった。だから、こう書いてあったんだ。

〈FOUND DEAD《死体で発見》〉と。

Vol.7

［シンジケート］

Θ

考える間もなく、ぼくと白雪は『ブラック・パイレーツ』の故障中の自動ドアを抜けて、雑居ビルの狭《せま》い階段を並んで駆け抜けた。七階から、六階へ、五階へ、四階へ、そして三階へ……。階段の踊り場は狭くて、段ボールとか壊れたガシャポンのマシンとかカラーボックスとかがやたらめったら積まれていた。二階から一階へ続く最後の踊り場を曲がった瞬間、黒い大きな影がぼくたちに覆《おお》い被《かぶ》さってきた。黒いネクタイが視界いっぱいに広がって見えた。やつらの一人だ。

ぼくと白雪は、四本の腕でデザート・イーグルをぐっと握りしめた。ぼくの手の甲の上から、包みこむように白雪の手が重なっている。ぼくたちはトリガーを引いた。発砲音とともに、二人の躰《からだ》が背後の壁に叩《たた》きつけられた。力は上に向かって放たれて、銃身が上へ引っ張られて、ぼくたちの躰は斜め下に落ちていく。そんな感じだった。

吹き飛ばされるスーツの男と、壁と、そして天井……視界がだんだん上がっていく。斜めに飛ばされたぼくはふと、宇宙船の墜落もこんな感じかなと考えた。躰が揺れて吹き飛ばされて、斜めに落下していくんだ。そうつぶやくと、白雪は目を細めてなにかを思い出すように、

「……そうねぇ」

「ん？」

「やっぱ、ちょっとちがうかも」

と、まるで宇宙船墜落の経験者みたいなことを言った。それからぼくの手を引いてまた走りだした。

——ビルを出ると外は真っ昼間で晴れていた。はらはらと天気雪が舞い落ちてきて、きれいだった。その雪の向こうにたくさんの……それこそ本当にたくさんの、黒いスーツの男がいた。彼らはぼくたちが出てきたのを見て構えた。ぼくと白雪はあわててビルの壁に背中をつけ、むちゃくちゃに撃った。トリガーを引いて、引いて、引いた。

ずきゅん！　ずきゅん！　ずきゅん！　ずきゅん！　ずきゅん！　ずきゅん！

——撃った分だけの空薬きょうがカラン、コロン、カラン、コロン、カラン、コロン……と微妙な時間差でもってアスファルトに転がり落ちていった。コンビニとか薬局で買える小型のリップみたいな形をしていた。ぼくはコートのポケットから弾倉を出して、急いで取り替えた。手が震えて、少し手間取った。構え直して、二人でまた撃った。スーツの男たちが倒れていく。また弾倉を取り替えて、銃を握り、もう片方の手で白雪の手を取った。逃げなくちゃ。

チカッ、チカッ、チカッ——

激しいブラックアウトがとつぜんぼくを襲った。視界が真っ暗になって遠ざかったかと思うとまたやってきて、チカッとまた暗くなり……。何度も何度もそれを繰り返した後、ぼくは正気に戻った。
大きく息をついで、目を開ける。
するとそのとき――

誰かに肩を叩かれた。

ぼくはビクリとして振り返った。そんなところに誰かが立っているなんて思いもしなかったから。そこには評論家が立っていた。白雪に頭を吹っ飛ばされたはずの、緑の躰をした評論家。あの若い男。ぼくは息を飲んだ。評論家が言った。

「……あのなー、これは都市伝説。家族と東南アジアを旅行したとある少女が、帰ってきたら、少しずつ瞳《ひとみ》の虹彩《こうさい》が青くなっていくんだってよ。みんななんとなく気にしてたら、その子はだんだんおかしくなっていって、結局真相はっていうと、東南アジアでみつかった寄生虫。瞳に青い卵を産みつけて、それが成虫になると脳を侵食していくんだ。それで瞳が青かったわけ。……聞いたことない？」

――評論家の姿はかき消えた。

なに、いまの？

ぼくは辺りを見回した。そこは元通りビルの前で、ぼくと白雪に吹き飛ばされたスーツの男たちが、緑色の液体を流しながらたくさん倒れていた。その向こうからも新しいやつらが迫ってきていた。ぼくは片手にデザート・イーグルを、もう片手に白雪の手を握って立ち尽くしていた。白雪がぼくに聞いた。

「どしたの？」

「……なんでもない。行こう！　一緒に逃げよう！」

いまの幻のことはおいといて、ぼくは走りだした。

男たちが追ってくる。

ぼくと白雪は、振り返っては発砲し、そのたびに吹っ飛ばされてもんどりうって転倒しては起きあがってまた走った。どこをどう通ったのかわからない。横道をすり抜けて大通りに出て、赤信号なのに走って渡って、車が何台も急ブレーキをかけ、接触事故らしき音もして、ぼくたちを怒鳴る声も聞こえてきて……。

振り返るとまだまだ追ってきていたので、撃った。

撃って

撃って

撃った。

——幻は続いていた。

「ねぇ、カナ。どうしてあんなことしたの？　おかあさん信じられない。どうしてあの人にあんなことを。ほんとにわからないわ」

カーディガンに地味なスカート姿の母親が現れて、語りかけてくる。ぼくは答えない。じゃなくて、答えられない。どう説明したらいいかわかんないんだ。母親からも、またあのいやな柿の匂いが漂ってくる気がする。ああ、この人だってあっち側の人間なんだなって思う。ばか。キライだ。なんにも話すもんか。

「ねぇカナ、あなたがあんなことをした同じ夜に、××精神病院から、ＡＡクラスの狂人が一人逃げたのよ。青い瞳をした狂人が。なにかの病気で、脳を寄生虫かなにかに侵食されていて、危険なんですって。近づいちゃダメよ」

……なに言ってるの？

「おかあさん、カナが知らない女の子と一緒だったって目撃情報があったから、心配で。青い瞳の女の子には近づいちゃダメよ。わかったわね、カナ。近づいちゃダメよ」

――いつのまにか追っ手がまた近づいてきていた。ぼくはあわててその幻を追いやった。

発砲。転倒。また走る。白雪がこわがって泣きべそをかき始めた。「巣籠カナ、もう弾《たま》がなくなったよ。どうしよう」「新しいのに代える。弾倉はまだたくさんあるって。白雪も持ってるでしょ」「うん……」「千晴がいっぱいくれたから。火器戦士が」「なにそれ？」「千晴のあだ名。ぼくが決めた」

白雪が笑いだす。ぼくはまた弾倉を代えて、古いのを捨てる。アスファルトに転がる空の弾倉の音がカラーン……と響く。

その音に誘われるように、またもや、ブラックアウト。

そして、幻が現れる。

「あの少女は、誘拐された綾小路麗々子に間違いないんだ。わたしは店に配られた手配書で顔をよく覚えていた。レジであの子を見たとき、わかったんだ。誘拐されたはずの少女が、わたしの店で、のんきに服とブーツを買っているぞって」

どこかで見たおじさん……。

そうだ、あの町のドン・キホーテの偽物みたいな店のレジにいたおじさんだ。ぼくたちを見て、なにかの紙を取りあげて、それから多分警察に、通報した人。その後でぼくたちを追いかけてきて、白雪に「あやにょこ……」と言いかけて、見事な膝蹴《ひざげ》りで倒された。

あのおじさんだ。

「どうして、誘拐されて捜索されているはずの綾小路麗々子が、のんきに買い物をしていたんだ？　狂言誘拐か？　それにしても、犯人は男だという話だった。一緒にいたのは同い年ぐらいの少女だった。仲が良さそうだった。いかにも女の子の友達どうしといった様子で買い物していた。どういうことだ？　しかし間違いないんだ。髪の長いほうの少女は、手配書にあった綾小路麗々子なんだ」

おじさんは指を差す。

ぼくはいつのまにか電器屋の前にいた。売り物のテレビにニュース映像が映っている。誘拐事件の犯人だと書かれた男の顔写真に、斜めに〈FOUND《ファウンド》 DEAD《デッド》〉と文字が出ている。シールを貼られたように斜めに顔が隠されている。

「誘拐犯は今朝、射殺体で発見された。死後数日が経過しているとニュースで言っている。では、肝心の綾小路麗々子はどこにいったんだ？　そして犯人を射殺したのは誰だ？」

白雪が息を飲む気配がする。ぼくはハッと我に返る。近づいてきたスーツの男の顎《あご》を、白雪が踵《かかと》を振りあげて蹴る。後ろからも手が伸びてくる。ぼくが銃身でもって頭を殴る。また走り続ける。

白雪は……

狂人？

宇宙人？

誘拐犯射殺犯？

――なんでもいいや。なんでもいい。いまはこの、追ってくる化け物みたいなのをなんとかしなきゃ。

ぼくたちは撃った。

撃って
撃って
撃った。

手の中の銃が持つ硬質な黒い輝きに目が吸い寄せられた。この輝きを怒りに似ている、と感じたときのことをふと思いだした。

ぼくも白雪も、なにかに怒ってるんだろうか？

形の見えないなにかに。

思い通りにならないことすべてに。


ぼくたちは、撃ち続けた。

緑色の液体が飛び散る。トリガーを引いたら足がもつれて二人とも倒れてしまった。アスファルトの上に落っこちて、今度は地面に座ったままで撃ち続ける。

誰かに肩を叩《たた》かれた。しゃがんだまま振り向いたぼくは、その優しい幻に一瞬、息を飲んだ。

「……カナ」

電脳戦士だった。いまのお兄ちゃんのJAの制服ではなく、最初に会った頃の姿をしていた。田舎町の廃墟《はいきょ》みたいなゲーセンで、ある日会話を交わした高校生。すごく強くて、だけど誰とも一言もしゃべらない。ブレザーの制服。顔もほんの少し若くて、いまより線が細い。あぁ、お兄ちゃんだ。

「お兄ちゃん……」

「カナ、このまま逃げろよな」

「う、うん……」

「ていうか大人になんかなるなよ。つまんねーぜ。マジで」

「ん……」

「でもいつかまた会おう」

「ほんと……？」

「あのゲーセンで、ある日ばったり。だよな？……ははは」

お兄ちゃんは笑った。

手を振って消えようとして……。

驚いたように目を見開いて、ぼくの背後を見上げた。それからゆっくりと指差して、

「見ろよ、カナ。びっくりだぜ」

「ん？」

「宇宙船だ。谷津凪山に墜《お》ちたはずの」

ぼくは、お兄ちゃんの指差すほうを振り返った。


だけどぼくには、電脳戦士の指差した宇宙船は、見えなかった。

振り返ったときには、そこにはとにかく真っ白で目を開けていられないほどきつい光が射していて、中心になにか白くて丸い円盤状のものを一瞬、確認したような気がしたけれど、つぎの瞬間には放射される光の中に隠し通されてしまったんだ。

白い光はぼくたちを刺し貫き。

耳の近くで「さよなら」と声がしたような気がして。

白雪の声かもしれないし、電脳戦士の声かもしれないし、ぼく自身の声かもしれないし。

よくわからない。

光は、
唐突に、
消えた。

I

——そこには誰もいなかった。

幻も消えて、黒いスーツの男たちもいなくて、辺りには雑居ビルと遠くに見えるＪＲ秋葉原駅。

無人だったのは一瞬で、どこからともなく買い物袋を下げた通行人たちが現れて、いつも通りの様子で行きすぎていった。

「……白雪？」

振り返る。

「……お兄ちゃん？」

誰もいない。

ぼくはただ一人で雑踏に立ち尽くしていた。ぼくを振り返るものは誰もいない。

すべてが夢のように感じられた。

だけど夢なんかじゃなかった。

ぼくは片手に力なくデザート・イーグルを握りしめていたし、足元には空薬きょうがいくつか散らばっていた。通行人の足に蹴られて、カランコロロロ……と転がり、マンホールの穴から落ちて、幻の残滓《ざんし》のように、一つ、また一つと消えていった。

「白雪……？」

ぼくは叫んだ。

「——白雪いぃぃぃぃぃぃ！」


通行人たちがぼくのほうをチラリと見て、また何ごともなかったかのように歩きだした。

空を見上げると青く青く晴れていて、またはらはらと雪が落ちてきていた。

「雪みたいに白いから、白雪……、か」

ぼくはそっとつぶやいた。電器屋の前に並んだテレビはまた同じニュースを流していた。

誘拐犯人の写真の上に〈FOUND DEAD〉と斜めの文字。それをみつめていると、誰かがぼくのとなりに立った。

見上げると、黒いスーツを着た男だった。

やつらの一人だ。

無表情で、瞳《ひとみ》には虹彩《こうさい》がなくただどんよりと暗く陰っていた。アザラシを凶暴にしたようないやな目だった。ぼくは見ていたくなくてうつむいた。と、そいつが口を開く気配がした。

そいつは低い声で言った。

「あの夜……××県××市谷津凪山に、我々の宇宙船が墜落した。乗っていたのは我々の星系、ケンタウロス第七星系第一惑星タウーの永久犯罪人、δδδζθλだった。収監星ウプシロンから、自由を求めてこの星系まで逃げたものの、我々の追跡を受け、ついに力尽きたのだ。我々は地球に降り立ち、やつを捜した。しかし宇宙船からはδδδζθλの姿は消えていた。同じ夜、同じ町で、誘拐された少女が勇敢にも犯人から凶器の銃を奪い、犯人を撃ち殺した。だが瀕死《ひんし》の犯人によって自らも刺され、死亡した。相打ちだ。しかし犯人の死体だけが残され、同じ場所にあったはずの少女の死体は何処かへ消えた。δδδζθλは、死んだ少女の体を使って擬態し、地球人の姿となって逃亡を続けたのだ。だがしかし、瞳の色だけは本来の青色から変えることができなかった。……巣籠カナくん。君があの町のあのダストシュートでみつけたのは、擬態を終えたところで力尽き、一時凍結に入ったδδδζθλだったのだ。だからこそ凍りつき、ゴミと一緒に冷気を発していた」

……ぼくは、ポカンと口を開けて男を見上げていた。

「δδδζθλは我々が無事回収した。脱獄癖のある困ったやつだがね、今度こそ連れて帰る」

気づくと、男の姿も消えていた。

K

「おい、カナ？　おーい。カナ」

誰かが肩を揺さぶっている。目を開けると、千晴の心配そうな顔がそこにあった。ぼくが泣き笑いのような顔になると、千晴はよけい心配して、

「うわ、大丈夫か？　白雪は？　あいつらどうなった？」

「……行っちゃったみたい」

「どこに？」

「よく、わかんない」

ぼくはつぶやいた。

たくさんの幻を見たし、それはどれもが別の説を唱えているようで、ぼくにはよくわからなかった。困り切ったままで、ぼくは銃をぎゅうっと握って泣きだした。千晴があわてて、赤いスカジャンの袖《そで》のところで涙を拭《ふ》いてくれた。

近くのハンバーガーショップに入り、嗚咽《おえつ》したまま説明する。ぼくが、

「白雪はやっぱ、宇宙人だったのかも……」

とケンタウロス第七星系の話をした途端、千晴はへんな顔をした。

「うー、うう……。それは、カナ……ええと…………」

「なによ？」

「……ちょっと待ってろ。そこにいろよ」

店を走りだしていき、すぐに書店の紙袋を抱えて戻ってきた。ビリビリと開けると、ゲーム雑誌の最新号が出てきた。千晴はページをめくる手ももどかしく、

「……ほら！」

覗《のぞ》き込《こ》んだぼくは、一瞬なんのことかわからなかった。

それから絶句した。

そのページで紹介されている新作ゲームソフト『シンジケート』は、宇宙海賊が主人公のアドベンチャーゲームで……その設定は……。

主人公は男、女の性を選べる。そいつはケンタウロス第七星系という半径約百光年の宇宙の彼方にある星系の第一惑星タウーで育った子供で、物心がつくと同時に海賊になり、その星系であらん限りの悪いことをする。つまり、悪ガキなのだ。それで星系の警察――それは地引き網状の躰《からだ》を持った生物で、海で魚を捕まえるみたいに、宇宙空間をザーッと一掃してかかった犯罪者をとっ捕まえるのだ――に捕まり、裁判で暴れたせいで裁判官の心証を悪くして、灼熱惑星《ホットジュピター》、アンドロメダ座ウプシロン星に送られる。その星は犯罪者の収監星なのだ。しかし主人公は第七星系の惑星会議で、近く始まるはずの第五星系との最終戦争の戦士に決められてしまう。

そんなのいやだ。迎えの宇宙船を乗っ取った主人公は、逃げる。逃げて逃げて、故郷の青いカリスト大地とよく似た輝きを持つ地球に降り立った主人公は、そこで地球人の少女と出会うのだ。

——ほとんどあの話と同じだった。

ぼくにはなにがなんだかわからなくなった。しみだすように涙が出た。「もう、なんでもいいよ……」とつぶやいた。なんでもよかった。とにかく白雪に逢《あ》いたかった。

あの子が何者でもよかった。宇宙人でも、記憶喪失でも、嘘つきでも、ＡＡクラスの狂人でも。ぼくが見たのが宇宙人たちでも、幻でも。

なんでもよかったんだ。

Λ

ぼくはハンバーガーショップの小さな椅子の上で、ぼんやりとしていた。千晴は心配そうに眉《まゆ》をひそめて体を揺すっていた。ちらりと見ると、ぼくが落ちつくまで待つつもりだというような顔つきだったので、ぼくはそれに甘えてぼーっとし続けた。

ぼくは白雪のことを思っていた。

楽しかったなぁとか、一緒だからこんなに遠くまで逃げてこれたんだよなぁとか、いろいろと。白雪に対する感謝とか友情とかいろんな気持ちを言葉にするのは難しかった。
あの子が話していたことを思いだした。原宿のカフェで、大人のカップルに銃口を向けたときのこと。

愛しあうってさぁ、いったいどういうことなんだろ
神秘的っていうか、わけわかんないっていうか
いつかわたしとかも誰かと愛しあうようになるのかなぁ
それこそ大人のやることとって感じ
大切に思いあって、常に誰かとのペアで自分のこと考えて
よくわかんない。わかんないけど、
もしそうなったら、きっとそのときのわたしは……
いまのわたしとはまったくちがうものに、全身取って代わっていると思う
まるで宇宙人に連れ去られて戻ってきた人みたいに
それで家族が言うわけ
これはあの子じゃありませーんって。別人ですーって

白雪のことを思いだして、試しに「あいしてる」とつぶやいてみた。やっぱり、大失敗

だった。想像していたとおり。それはいままで口にしたどんな言葉よりも嘘みたいだった。ああ、ぼくにはまだ使えないんだなぁと思った。ぼくにも、白雪にも、千晴にも、電脳戦士にも。

それは大人の言葉だから。

ここから物語は分岐し、
三種類のエンディングがあります。

Ending Ⅰ　放浪

Ending Ⅱ　戦場

Ending Ⅲ　安全装置

Ending Ⅰ

［放浪］

M

そうして座りこんでいたのが、どれぐらいの時間か。

気づくと夕方になっていた。

窓の外で日が暮れてきて、やっぱりまだ雪が降っていた。ぼくはいまや見慣れた赤い髪が横切った気がして、千晴を置いてふらふらと外に出て歩きだした。少しずつ雪の降る量が増えて、アスファルトの上に薄く積もっていた。きれいだった。だけどちょっと寒い。ぼくはしばらくすると歩きつかれた。雑居ビルの前のうらぶれた花壇にしゃがみこみ、ぼんやりしていた。誰かが前に立った。


——赤い革の編み上げブーツが見えた。


ぼくは顔を上げた。

懐かしい顔がそこにあった。赤茶けた髪。青みがかった瞳《ひとみ》。ぼくがぎゅうっと握ったままのララの銃を見下ろして、その子は、笑った。

「……まだ持ってたんだ」

「白雪……？」

「どっか行く？　一緒に」

「……お腹空《す》いた」

ぼくが立ちあがると、白雪はデザート・イーグルを受け取って、コートのポケットにしまった。微笑んだ。

「白雪、どうしたの？」

「逃げてきた。わたし、脱獄の常習犯だから」

「……そうなの？」

「そうなの」

歩きだした白雪についていく。ぼくが、千晴が見せてくれたゲーム雑誌に載っていた、あのソフトのタイトルを言うと、白雪は「あっはっは！」と笑った。

どっちの笑いなのか、わかんなかった。ゲームの設定だったの、バレた？　なのか、あのゲーム、わたしたちの真似よ、なのか。白雪はやっぱりぼくには、なにも話してくれないのだった。ちぇっ。

白雪は振り返って、

「巣籠カナ、わたしがいなくなったと思った？」

「……うん」

「そんなわけないじゃん」

「どうして？」

「約束したのに。一緒に逃げようって。自分だけいなくなるわけないじゃん」

「うん。でも……」

ぼくはふと、前にも考えたことを思いだして、口にした。

ぼくには逃げたい現象があるだけで、行きたい場所があるわけじゃないんだ。こうしたいってことがあるわけじゃないんだ。ただ、あの町にはもう帰りたくない。逃げて、消えてしまいたいんだ。

そう言うと、白雪は笑った。

「二人で、ハンザイシャになろうよ」

「えっ？」

「あ、もうなってるか。巣籠カナは矢を射ったし、わたしは銃を撃ったし。ねぇ、ボニーとクライドみたいな感じで、しばらくやってみよっか？」

「なにを？」

「うーんと銀行強盗とか暗殺とか選挙の邪魔。いろんなことの無意味な愉快犯」

「あはは！　へんなの。いいよ、やろうやろう」

ぼくは笑った。

雪はどんどん降り積もってくる。

白雪はぼくをみつめて、優しく優しく微笑んだ。そして言った。

「ねぇ、巣籠カナ。わたしにも——綾小路麗々子にも、帰るところなんてないよ」

「——うん」

「だから、巣籠カナ。一緒に冒険《放浪》を続けよう」

ぼくはくすくすと笑った。

ああ、これは子供の言葉だから、いくらでもうなずいていいんだ、と思った。

Ending II

[戦場]

M

そうして考えこんでいたのが、どれぐらいの時間か。

気づくと夕方になっていた。

窓の外で日が暮れてきて、やっぱりまだ雪が降っていた。少しずつ降る量が増えて、アスファルトの上に薄く積もっていた。きれいだった。だけどちょっと寒そうだった。千晴がもそっと言った。

「なぁ、カナ」

「……うん?」

ぼくは千晴を見た。

「なぁ、家出少女」

「……なに?」

「家にさ、電話、してみろよ」

「……」

ぼくは黙った。

千晴の顔を見た。

女の子みたいな、白くてよく整った小さな顔だった。だけどやっぱり千晴は男の子で、ぼくは目の前にいるのが男の子なので、あぁ、もうどこにも逃げられないなぁと思った。女の子とじゃないとふざけ半分で逃げたりなんてできない気がした。ぼくは千晴が差しだす携帯電話を手に取って、震える手で、自分の家の番号にかけた。

市外局番を忘れていて、一度、番号を間違えた。かけ直して、じっと息をひそめて待っていると、カチャッ……と音がして、母親が電話に出た。

『はい……巣籠《すごもり》です』

いつも通りの声だった。

ぼくは黙りこんだ。なにかしゃべろうとして息ができなくなり、あわてて携帯電話を千晴に押しつけようとした。千晴は断固として拒否した。……男の子め。ぼくが無言電話化してしまってあわてていると、母親が電話の向こうで、

『……カナ、なの？』

と言った。

ぼくは黙り、小声で「……うん」と言った。

途端に電話の向こうで母親が、

『ど、どこほっつき歩いてるの？　はやりの、ええと、なに、ちょっとした家出っていうのなの？　カナ？　お義父《とう》さんも心配してるのよ。なにしてるの。いったいなにが不満なの？』

「……」

『いい加減にしなさい、カナ。わたしたち、カナを愛してるのよ』

「……」

大人の言葉だった。ぼくはますます共通言語がない気がして黙りこんだ。

母親も電話の向こうで黙った。

ぼくは震え声で聞いた。

「お義父さんの、怪我は？」

母親が黙った。

やがて不思議そうな声が聞こえてきた。

『怪我？』

「うん……」

『怪我って、カナ、なんのこと？』

ぼくの視界がまたブラックアウトした。

キィィィィン——とへんな音を立てて、また視界が元に戻った。

ぼくは相変わらずファーストフード店の隅っこの席で、千晴の携帯電話を握りしめていた。母親の声が続いてる。

『怪我ってなぁに？　お義父さんならピンピンしてるけど。どうしたの？　代わる？』

「……いっ、いい、いい。代わらなくていい！」

ぼくは叫んだ。

──あれも幻なの？　どこからがこの悪夢の始まりなの？　ぼくは人を殺しかけてないの？　どういうこと？

おとといの夜、谷津凪山に宇宙船が墜《お》ちた頃から始まったそれは、メン・イン・ブラックによって宇宙人が回収された途端に終わってしまったかのようだった。魔法がとけるみたいに。

ぼくが首を激しく振っていると、千晴が怪訝《けげん》そうにこちらをみつめてきた。

『はやく帰ってきなさい!!　カナ、聞いてるの？』

電話を握りしめる手が自然と下がっていった。ぼくは電話を切って、目の前にいる千晴の顔をじっとみつめた。そして改めて、あぁ、千晴は男の子なんだよなぁと思った。ぼくがここまで逃げてこれたのは、白雪と……不思議な女の子と一緒だったからなんだ。もう、どこにも行けないのかなぁ。

「カナ、おまえ、家に帰れよ」

「……やだよ」

「無事に大人になったら、オレたちの勝ちなんだよ。戦争はずっと続くけど」

ぼくはなんて返事をしたらいいのかわからなくて、黙りこんだ。千晴は本当に心配そうな顔をしていた。ぼくは返事ができなかった。ふてくされたようにうつむいた。

千晴に連れられて、秋葉原から東京駅まで歩いた。白雪がいなくなると、もうメン・イン・ブラックもぼくたちを追ってはこなかった。千晴はぼくの分だけ××駅までの特急列車の乗車券を買うと、「ほら」とぼくに渡した。それから自分の分の入場券を買った。

ぼくは震える手で受け取った。

別れ際に、ぼくは千晴の携帯の番号とメールアドレスをちゃんとメモした。自分の携帯は落っことしちゃったので、新しいのを買ったら教えるね、と千晴に約束した。それからおずおずとデザート・イーグルを渡した。千晴がほしがってるような気がしたからだ。なんとなく。千晴はおそるおそる受け取ると、ぐっと握りしめた。ぼくより白雪より、それは千晴の細い手によく似合った。

千晴は会ったときと同じように肩の力の抜けたとりとめのない感じで、フラッと手を振って「またな、家出少女」と言ってぼくを見送った。ぼくは千晴が見張っているので仕方なく特急列車に乗り、窓ガラス越しに千晴に手を振った。

列車が動きだした。ぼくは泣きそうになった。千晴がなにか言った。もちろん聞こえなかったけれど、唇の動きでぼくには「生き残ろーぜ、カナ」と言ったのだとわかった。ぼくは「むりかもー」と答えた。千晴はぼくがなんと答えたのかわからなかったらしく、首をかしげた。

やがて列車は走りだして、東京でできた友達、おかしな火器戦士、水前寺千晴の姿はホームとともに遠のいていった。ぼくはしょんぼりして座席の上で縮こまり、やがて少しだけまどろんだ。

やがて遠くから、

《逃げよーぜ、巣籠カナ……》

と、声がしたように思った。ぼくはまどろみながら微笑んだ。あぁ、子供の言葉だなぁと思った。だから安心していくらでもうなずけたんだ。あぁ……。

列車が途中の駅に着き、キキーッ……と音を立てて停車した。せわしなく降りていく人たちの足音が響いた。いくつもの足がぼくのいる座席の横を通り過ぎていった。そして乗ってくる人の足音も一人分だけ聞こえた。

その足音が、ぼくの前で止まった。ぼくはそっと目を開けた。

――赤革の編み上げブーツが見えた。

開いた瞳《ひとみ》からポロッと涙が落ちた。ゆっくりと顔を上げると、そこになつかしい笑顔があった。赤茶けた長い髪に、切れ長の青い瞳。少しだけ小首をかしげている。泣いてんの？　とびっくりしたように瞳を見開いている。

その姿はなぜか半透明で、向こう側の座席が透けて見えていた。まるで少女の幽霊だ。

ぼくは口を開いた。

なにを言ったらいいかわからなくて、とりあえず名前を呼ぶことにした。ぼくがつけた名前だ。会いたかった友達の名前だ。そう……。

「──白、雪」

A

半分透けている幽霊みたいになった白雪は、笑顔を浮かべていた。そしてゆっくりと唇を開いた。不思議なことに幻の白雪はそれでもちゃんとしゃべれるみたいだった。だけどその声はぼわんぼわんと響いて、まるで水の中でしゃべってるみたいだった。

《お別れだね、巣籠カナ》

「……やだ」

ぼくは首を振った。

《わたし捕まっちゃった。本体はもう宇宙船。これきり会えないかも》

「白雪……」

ぼくは手を伸ばして白雪の細い腕に触れた。スカッと空振りした。本当にこれはもう幻だ。あぁ。

《巣籠カナ、約束したのを覚えてる？》

「……一緒に逃げようって言った」

《うん。それとね、もう一つ》

「それも覚えてるよ」

ぼくはコートのポケットに手を突っこんで、白雪にもらったドールを握りしめた。

白雪は黙ってにっこりした。それから頭を左右に振って、のんきに鼻歌を歌い始めた。

ぼくは白雪に聞こえるかどうかわからないぐらいの小さな小さな声で、つぶやいた。

「白雪、ぼくは……」

知らず涙がにじんできた。

「ぼくは、大人になんてなりたくないよ。そのことを考えると絶望してしまうから、ほんとはぜんぜん考えたくなくて、だけど毎日、頭から離れなくて、とても困るんだ。ぼくはもしかしたらつまらない大人になってしまうんじゃないかって思うんだ。何者でもないし、なにもできないし、なににもなりたくない。そんなぼくはきっと、とてもだめな生き物なんだ。わかる？　本当はね、白雪……」

ぼくはどんどん小さな声になってしまった。白雪は歌い続けていた。心地いいハミングがぼくを包む。

「逃げたあの日、けっこう困ってたんだ。将来なりたい職業をプリントに書いて提出しなきゃいけなくて、だけどなんにも思いつかなくて、自分になにができるかもわかんなくて。ジョークで宇宙人とか書いてみたけど怒られるのがわかってて、だから出せなくて。ぼくは……」

白雪は歌い続けていた。きれいな声だった。

それから白雪は列車が××駅に着くまでずっと、優しい声で歌い続けた。やがて駅につき、ぼくはのろのろとホームに降りた。白雪はホームの途中までぼくについてきた。そして歌うような調子で言った。

《巣籠カナ、わたしと一緒に遠くへ行く?》

「白雪……」

《だけど、巣籠カナ……向こうも、戦争》

ぼくは足を止めて、振り向いた。

「……そうなの?」

《ケンタウロス第七星系と第五星系の最終戦争。きっとみんな死んじゃう。そういう戦争。だから、逃げたの》

強い風が吹いた。

白雪が《さよなら。元気でね》と言った。

そして風がやんだときにはもう、いなかった。

ぼくは白雪が去ったことに気づいた。見上げると、星空いっぱいに一瞬だけ円盤のようなものが轟音《ごうおん》を立ててよぎり、きらめいて、またもとのなんのへんてつもない星空に戻った。

お別れ。

ぼくはホームに膝《ひざ》をついて、咆哮《ほうこう》するようにもの悲しく泣き声を上げた。だけどもはやぼくには帰る場所は一つしかなかった。

戦場へ。

ぼくたちはやはり、戦場へ。

Γ

——その後のことを、少し話そうと思う。

あの夜、ぼくは夜遅くまでさんざん徘徊《はいかい》した末に、本当にどうしようもなくなって、家に帰った。

両親にものすごく叱られ、義父には遠慮がちにだけど、べちーんと頬を叩《たた》かれた。両親や担任教師が泣いたり怒ったり見張ったりの数日が過ぎて、やがてまた、ごく普通の——

普通すぎる中学三年生の生活が始まった。

学校に戻ったら、友達にあれこれうるさく聞かれた。だけど沈黙は金ってことでぼくは黙ってた。そしたらずいぶんと謎めいた存在になってしまった。ミステリアスなんて柄じゃないのに。


ぼくは両親や担任教師にやいやい言われて、将来なりたい職業は空欄のまま、地元の公立高校に入学願書を出した。それから残りの受験勉強をただ機械的にこなそうとしては失敗して、なんとなくぼんやりしていた。

なにもかもがうまく接続されず、ユーザーアンノウンとかノットファウンドみたいな感じで、だけどぼくは、ただ、なんとかして生きていこうと必死だった。

冬休みが始まり、すぐ終わり、また学校に通い始め……嘘みたいにもとの日常に戻っていった。ほんとに、嘘みたいに。

〔三〕

だけど、ぼくが嘘みたいに還《かえ》ってきたのとは反対に、あの後どこかに消えてしまった人もいた。

電脳戦士だ。

お兄ちゃんはぼくが帰ってきた夜、いつも通り家族と夕食を取って離れに戻って、部屋のドアを後ろ手に閉めて、それきり——消えたのだった。

家族はあわてて警察に捜索願を出した。部屋からなくなっている荷物は一つもなくて、ただテレビの上に置かれていたゲームキューブの下に、おかしな置き手紙が残されていたらしかった。


〈ぴぁたりゃーるが始まります。ケンタウロス第七星系に行ってきます〉


なんのことだかわかる人はいなかった。ていうかぴぁたりゃーるってなんだろう？　誰かが、スペイン語で〈戦争〉のことだと言った。

お兄ちゃんが消えた日の翌朝、ネットワークにおかしな言葉が一瞬流れた。

〈カナ、元気で。またあのいつものゲーセンで逢《あ》おう。ある日ばったり逢おう〉

メッセージはその後、おかしなバグっぽい半角英語や数字でぐちゃぐちゃになっていた。


そのメッセージのとおり、ぼくはそれからだいぶ経ったある日、電脳戦士と、かつて〝いつものゲーセン〟だった場所の前でばったり再会することができた。

ぼくはそのとき高校生になったばかりで、まだ着慣れないごわごわのブレザーの制服姿で、つまんなさそうにぶらぶらと歩いていた。放課後に、高校で新しくできた友達と雑貨屋を流して歩いた後の、一人きりの帰り道だった。

再会できた電脳戦士は、だけどもはやあの夜の白雪みたいに幻と化していて、おかしな感じで体が半分透けていた。向こうにある格闘ゲームキャラの立て看板が嘘みたいに透けて見えていた。

ぼくは足を止めた。悲しくて懐かしくてどうしようもない気持ちで、ゆっくりと電脳戦士の幻に近づいた。そしてそっと手を伸ばしたけれど、やっぱり、スカッと空振りした。

「お兄ちゃん……!」

幻になったお兄ちゃんは、精悍《せいかん》な顔つきをしていた。見たこともない戦士っぽい服を着て、背中にばかでかくてやっぱり見たこともない形状の武器を背負っていた。へんな形の大斧《おおおの》みたいなの。「それなに?」と聞くと、お兄ちゃんは口を開いて答えてくれたけれど、それは白雪がよく口にしていたのと同じ超音波で、さっぱりわからなかった。

「ねぇお兄ちゃん、ぢぁたりゃーるってなに?」

そう聞くと、電脳戦士はにこっと笑った。

それからゲーセンの前にあるモニターを指差した。

ゲーム『シンジケート』のプレイ画面があった。ポリゴンキャラがぽこぽこ動いていた。モニターの中にお兄ちゃんがいた。へんな斧みたいなのを振り回していて、緑色のぐにょぐにょの宇宙人をどんどん倒していた。

ぼくは振り向いて、

「これのこと？」

——電脳戦士はいなかった。


それがお兄ちゃんとの別れで、それきりお兄ちゃんはこの町に帰ってきていない。

交番の前に貼られた行方不明者のポスターの中で、伏し目がちな優しい顔がいつもこちらを見ていた。雨風に晒《さら》されて色を悪くしていく。ある日ぼくはそれを盗んで家に持って帰って、引き出しの奥深くに隠した。

お兄ちゃんとぼくの話は、これで終わりだ。

Θ

そしてぼくと白雪の話もとうに終わっていて、残っているのは、ぼくと千晴の話だけだ。

高校に合格したお祝いに、ぼくは新しい携帯電話を買ってもらった。それを使って、少し緊張しながら、東京にいる友達、水前寺千晴の携帯電話にかけてみた。

見覚えのない番号からかかってきたというのに、千晴はちゃんと出てくれた。千晴のほうも、ちょっと緊張したような硬い声だった。

それからぼくたちは言葉少なに、だけど一生懸命、共通の体験であるところの宇宙人の話をした。

あの冬の日のぼくたちの放浪の話を。

ぼくたちは夜が明けるまでぼそぼそと、でも夢中で話し続けた。話は尽きなかった。あの時間にいたぼくのことを知ってくれているのは、千晴だけだった。

千晴も戦場にいる。黙ってただ途方に暮れている。ぼくは千晴に言う。ぼくたちは……。


「ぼくたちは、これからいったいどうなっちゃうんだろ?」

「さぁな」

「さぁな、って、千晴」

「言ったろ。まだ見ていない色を語る言葉はない」

「千晴、かっこいい……?」

「疑問符をつけるなよー」


切り際にぼくはおそるおそる「また、電話してもいい?」と聞いた。すると千晴はぶっきらぼうに「いいに決まってるだろ」と言った。ぼくはほっとして電話を切った。

うまくいくかはわからないけど、なんとかやっていけるような気がしてきたのは、この夜からだ。

だけど未来はまだわからない。まだ見ていない色を語る言葉は、ぼくにもないんだ。だけど未来に関してぼくはたった一つだけ……。
一つだけ……。

Z

あのドールをずっと持っていようと思う。
それは遠い未来、ぼくがかつてぼくだったことの証となるからだ。

Ending Ⅲ

［安全装置］

M

そうして考えこんでいたのが、どれぐらいの時間か。

気づくと夕方になっていた。

窓の外で日が暮れてきて、やっぱりまだ雪が降っていた。少しずつ降る量が増えて、アスファルトの上に薄く積もっていた。きれいだった。だけどちょっと寒そうだった。千晴がもそっと言った。

「なぁ、カナ」

「……うん？」

ぼくは千晴を見た。

「なぁ、家出少女」

「……なによ？」

「家にさ、電話、してみろよ」

「……」

ぼくは黙った。

千晴の顔を見た。

女の子みたいな、白くてよく整った小さな顔だった。だけどやっぱり千晴は男の子で、

　ぼくは目の前にいるのが男の子なので、あぁ、もうどこにも逃げられないなぁと思った。女の子とじゃないとふざけ半分で逃げたりなんてできない気がした。ぼくは千晴が差しだす携帯電話を手に取って、震える手で、自分の家の番号をかけた。

　市外局番を忘れていて、一度、番号を間違えた。かけ直して、じっと息をひそめて待っていると、カチャッ……と音がして、母親が電話に出た。

『はい……巣籠です』

　いつも通りの声だった。

　ぼくは黙りこんだ。なにかしゃべろうとして息ができなくなり、あわてて携帯電話を千晴に押しつけようとした。千晴は断固として拒否した。……男の子め。ぼくが無言電話化してしまってあわてていると、母親が電話の向こうで、

『……カナ、なの？』

　と言った。

　ぼくは黙り、小声で「……うん」と言った。

　途端に電話の向こうで母親が、

『ど、どこほっつき歩いてるの？　はやりの、ええと、なに、ちょっとした家出っていうのなの？　カナ？　お義父《とう》さんも心配してるのよ。なにしてるの。いったいなにが不満なの？』

「……」

『いい加減にしなさい、カナ。わたしたち、カナを愛してるのよ』

「……」

大人の言葉だった。ぼくはますます共通言語がない気がして黙りこんだ。

母親も電話の向こうで黙った。

ぼくは震え声で聞いた。

「お義父さんの、怪我は？」

母親が黙った。

やがて不思議そうな声が聞こえてきた。

『怪我？』

「うん……」

『怪我って、カナ、なんのこと？』

ぼくの視界がまたブラックアウトした。

キィィィィィン——とへんな音を立てて、また視界が元に戻った。

ぼくは相変わらずファーストフード店の隅っこの席で、千晴の携帯電話を握りしめていた。母親の声が続いてる。

『怪我ってなぁに？　お義父さんならピンピンしてるけど。どうしたの？　代わる？』

「……いっ、いい、いい。代わらなくていい！」

ぼくは叫んだ。

——あれも幻なの？　どこからがこの悪夢の始まりなの？　ぼくは人を殺しかけてないの？　どういうこと？

千晴が怪訝《けげん》そうにこちらをみつめてきた。

「ねぇ、おかあさん……ぼくに、帰ってきてほしい？」

『なに甘ったれたこと言ってるの！　当たり前でしょう！』

電話を握りしめる手が自然と下がっていった。切りたくなった。

と、そのとき……。


誰かがぼくたちの前に立った。

——赤い革の編み上げブーツが見えた。


顔を上げた。

懐かしい顔がそこにあった。赤茶けた髪。青みがかった瞳《ひとみ》。

その子は手を伸ばして携帯電話を奪い取ると、ぼくの代わりに「カナ、帰りますから」と言うと、なにやら騒ぎ始めた母親をほっといて、ブチッと電話を切った。

それから、ぼくのポケットから覗《のぞ》いているララの銃を見下ろして、笑った。

「……まだ持ってたんだ」

「白雪……？」

「帰るんだね、巣籠カナ」

「……」

「それとも、また一緒にどっか行く？」

白雪はデザート・イーグルを受け取って、コートのポケットにしまった。微笑んだ。

「白雪、どうしたの？」

「逃げてきた。わたし、脱獄の常習犯だから」

「……そうなの？」

「そうなの」

ぼくと千晴は顔を見合わせた。

千晴が代表して、ゲーム雑誌のページを見せた。白雪は「あっはっは！」と笑った。どっちの笑いなのかわからなかった。ゲームの設定だったのバレた？　なのか、あのゲーム、わたしたちの真似よ、なのか。白雪はやっぱりぼくたちになにも話してくれないのだった。ちぇっ。

白雪は振り返って、

「巣籠カナ、わたしがいなくなったと思った？」

「……うん」

「そんなわけないじゃん」

「どうして？」

「約束したのに。一緒に逃げようって。自分だけいなくなるわけないじゃん」

「うん……」

「巣籠カナが帰るなら、わたし、送っていく」


ぼくと白雪は、ファーストフード店を出たところで千晴に別れを告げた。千晴は携帯の番号とメールアドレスを教えてくれた。ぼくは自分の携帯は落っことしちゃったので、新しいのを買ったら教えるね、と約束した。

千晴は会ったときと同じように肩の力の抜けたとりとめのない感じで、フラッと手を振って「またな、家出少女と宇宙人」と言って、ぼくたちを見送った。

ぼくはまた白雪と二人になった。

A

そういうわけでぼくは、宇宙人、白雪と連れだって薄汚れた特急列車に乗り、再びあの町に戻った。なにもない町。ぼくが生まれて育った町、××県××市へ。

特急列車のいちばん前には昔ゲームに出てきたファンタジー世界の蒸気竜がいて、しゅぽしゅぽと蒸気を吐きながらぼくをゆっくり運んでいくように感じられた。目を閉じると、子供の頃から空想の中にあったその蒸気竜はとてもリアルに感じられた。目に見えるもの、見えないもの。それは大人になってからのぼくの中にも混在するのだろうか。それともこれはいま……十五歳のぼくの最後の悪あがきで、この後高校生になって、十六歳、十七歳と大人に近づいていって……いま見えているものはいつのまにか見えなくなって、いつか普通の大人になるんだろうか。

わからなかった。

幻の最たるもの、宇宙人の友達、白雪は、その白くて小さくてきれいな顔を左右に振りながらのんきに鼻歌を歌っていた。

ぼくの視線に気づくと、こちらを見ていたずらっぽく、

「もうすぐお別れだね、巣籠カナ」

「……うん」

「約束したの、覚えてる？」

「一緒に逃げようって？」

「それとね、もう一つ」

「……うん」

ぼくはコートのポケットに手を突っこんで、白雪にもらったドールを握りしめた。

白雪は黙って笑っていた。それからまた頭を左右に振って、のんきに鼻歌を歌い続けた。

町に着くともう真っ暗で、東京と比べてお店が閉まるのが早いせいか町そのものが暗々としていて、ぼくと白雪は不安になって手をつないで、歩いた。

町の向こうに谷津凪山があって、車通りの少ない国道をぶらぶら歩いていくうちに山がどんどん近づいてきた。

ぼくは谷津凪山を指差して、

「白雪、あそこに落ちたの？」

「うん」

白雪は素直にうなずいた。

それから反対側の町のほうを指差して言った。

「ああ、だいぶ思いだしてきた。そう、わたし、緑のぐにょぐにょの体のままあっちに走った。それで死んでる女の子をみつけて……それがこの体。そう、あれを……デザート・イーグルを握ってて、裸だった。あの子、誰かを撃ったのかな？」

「きっと誘拐犯だよ。射殺体で発見されたって」

「だけどこの子も死んだんだ」

「綾小路麗々子さんも、ね」

「……かわいそうだね」

白雪は綾小路麗々子の顔と体のままで薄く笑った。

——ぼくたちは谷津凪山の麓《ふもと》にある学校の前を通り過ぎた。ぼくが三年間通い続けた中学校だ。そうだ。ここにずっと通ったんだ。通いながら毎朝、このまま学校に行かなかったらどうなっちゃうのかなぁなんて考えてたんだ。考えてもどーにもならないことを。

夜の学校は真っ暗でしんと静まり返っていて、かすかに硝煙の匂いがした。あぁ、ここは戦場なのだ。世の中のあちこちからいやないやな匂いが立ち上っている。いちいちぼくはそれに気づく。だけどその匂いの中、なんとかして生きていかないといけないんだ。なんとかして生き残ってなんとかして大人にならないと、死んでしまう。

綾小路麗々子みたいに。

ある日とつぜん、なんとなく死んでしまうんだ。

戦死。戦線離脱。引きこもり。負け組。FOUND DEAD《死体で発見》ぜんぶおんなじ言葉。

夜空に不吉に浮かびあがる学校の暗い灰色の校舎が、ぐにゃりと歪《ゆが》んで液体のようにうごめき、ぼくたちを追いかけてきた。ぼくは泣きだした。どこにも帰りたくなんてなかった。ただ逃げたかった。ここ以外のどこかに。誰かに魔法みたいに見事に助けてほしかった。別の世界に行きたかった。だけど誰にも迷惑をかけたり心配させたりしたくなかった。おかあさんを悲しませたくなかった。自分だけ我慢すればいいという気もしていた。

誰か助けてよ。

魔法みたいにぼくを助けて、別世界に連れていってよ。

大人になりたくないよ。努力したくないよ。もっともなことを頭ごなしに言われて返事もできずにふてくされて黙りこむ。そんな毎日はもういやだ。

だけど戦死したくはないんだ。


白雪は学校の裏側のほうまでぼくの手を引っ張って逃げて、谷津瓜山の反対側の麓まで走るとそこにある古い建物に逃げこんだ。それはあの有名な精神病院だった。裏庭に入った。それから走り慣れた様子で建物の渡り廊下を抜けて反対側に降り立った。白衣を羽織った大人の人がカルテみたいなものをめくりながら歩いてきて、白雪を見るとアッと叫んだ。なにか聞いたことのない名前で白雪を呼んで走ってきた。白雪は身を翻して逃げた。ぼくもあわててそれを追った。

「白雪……？」

白雪は答えなかった。病院からサイレンが聞こえてきた。なんだかわからない。ぼくはまたＡＡクラスの狂人のことを思いだした。よくわからなくなった。

ぼくたちは逃げ続けた。

B

家の前に着いたときには、ぼくも白雪もぜーぜーはーはーと荒く息をしていて、なにがなんだかさっぱりわからなくなっていた。白雪がぼくの肩を押すので、ぼくはトットッ……とよろめきながら玄関に立った。

いつも静かなその家。義父も母親も静かに話す。ぼくに怒らない。ぼくはとても恵まれた子供だ。殴られもしない。ご飯も与えられる。自分の部屋もある。高校にも大学にも行かせてもらえる。行政が問題にするような明らかな反故《ほご》のない家。だけどこの息苦しさはなんだろう？　ぼくはいったいなにに文句を言えばいいんだろう？

しかしその夜、静かなはずの家は、義父のばかでかい声にブルブルと外壁を震わせていた。ぼくはびっくりして飛びあがり、宇宙人の友達、白雪にぴたっとくっついた。

義父が声を荒らげて怒っており、母親はオロオロしていた。声が外まで聞こえてくる。隣近所の耳が心配になってくるほど大きな声……。

義父が……。

叫んでいた。

「本当に大丈夫か？　おい、おまえ、どうしてそんな冷静なんだ。カナは女の子なんだぞ。

なにかあってからじゃ遅いんだ」

……なにかあってから、って言葉、やらしくていやだ。大人のうがちすぎなところだ。

「あの子はまだ十五歳なんだぞ。自分でなにも判断できないし、危険なことがわからないんだ。警察に……いや、待て。警察沙汰《ざた》にしたら噂になるし、嫁に行くときによくない。やっぱり……やっぱり、待つか」

嫁に行くときって……。

ぼくはあきれて目を細めた。白雪を見るとちょっと笑っていた。ぼくも少し笑った。苦笑だ。義父の声はその後も続き、本気で心配しているような震え声が抑揚を変えて、高く、低く、小さく、大きく、町内中に響き渡っていた。ぼくはその場に立ち尽くしていた。白雪がぼくの脇を指でつついたので飛びあがった。

「な、なに？」

「生きていける？　ここで」

「う……ん…………………」

ぼくは首をかしげた。

それから正直に言った。

「わかんない」

「お義父《とう》さん、生きててよかったじゃない」

「そうなのかな……うん……そうなんだよね」

「仲良くしなよ。無理してでも。きっと、向こうもけっこう無理してるよ」

「知ってる」

ぼくは笑った。

悲しかった。

いろんなことが。

すごく悲しくて、でもこれは子供の感情なのだと思った。自分のことでいっぱいいっぱいだ。誰も悲しませたくないけど、どうしたらいいのかわからない。

言葉にしたらただ誰もに〝わがままな子供〟と言われてしまいそうで、黙りこむしかなくなるんだ。

白雪がぼくの肩を押した。「もう帰りな」と耳元でささやくのが聞こえた。ぼくはフラフラと玄関に近づいていった。数歩歩いて振り向くともう白雪は遠かった。この数歩で白雪とのあいだは決定的に離れてしまった。ぼくはもうこちら側の子供だった。保護者のいる子供だ。

白雪が手を振った。この、誘拐された令嬢か逃げた宇宙人か逃げたＡＡクラスの狂人かである不思議な友達との別れだった。黒いスーツの男たちがどこからか現れて白雪をズラリと囲んだ。白雪はまだ手を振っている。ぼくは叫んだ。帰りたくなかった。この期に及んでもまだ逃げたかった。だから叫んだ。

子供の言葉を。

「白雪っ……ぼくは大人になんかなりたくないよ。絶対になりたくないよ。ぼくは自分を知ってる。十五歳にもなれば自分のことがわかるよ。ぼくは自分に絶望してる。ぼくにはわかる。ぼくには……」

白雪は小首をかしげて、また笑顔を浮かべた。

どんどん遠くなる。

白雪……！

「ぼくはきっとつまらない大人にしかなれないよ！」

誰か聞いて……。

大人になりたくない理由を聞いて。

怒らないで、ぼくの言い分を聞いてよ。

「ぼくはきっと誰よりもつまらない大人になる。何者でもない。なにもできない。誰よりもだめなものになる。いまがピークで、この後どんどんだめになるんだ。だけど死にたくない。白雪……。ぼくは中三にもなって、なりたいものもないんだ。将来なんて決められない。ほんとは……あの日、逃げたあの日、困ってたんだ。将来なりたい職業をプリントに書いて提出しなきゃいけなかったんだよ。だけどなにも書けなくて。思いつかなくて。冗談で宇宙人とか書いてみたけど怒られるのがわかってるから出せなくて。ほんとになにも思いつかなくて。白雪……」

ぼくは叫んだ。

背中のほうで大きな音がした。玄関の扉が開いたのだ。転がるように出てくる足音。大きな足音。柿の匂いがした。義父だ。うえっ！　大声で「カナ！　どこに行ってたんだ！」と叫んだ後、ぼくの視線を追って、黙る。

それからぼくの顔をじっと覗《のぞ》き込んで、つぶやく。

「カナ……なにを見てるんだ？」

ぼくは答えない。

「カナ……おまえ、だれに叫んでるんだ？」

義父に続いて、母親も出てくる。いつものつっかけの立てる軽い足音。なつかしい足音。

「カナ……誰もいないぞ。そこ……誰も…………」

ぼくは目を閉じた。

強い風が吹いた。

ブルル、と体が震えた。さよなら、とかすかに聞こえた気がした。目を開けると、そこには……。


柿の匂いのする、ぼくの大嫌いな人の言う通り。

誰もいなかった。


——白雪なんて、初めからいなかったのだ。

Γ

そういうわけでぼくは、もとの家に、つまり戦場に戻った。

いままでよりずっと、母親は慎重に家を留守にしなくなった。さりげなくぼくの帰宅時間を朝、確かめる。ぼくが家にいるときはなにがなんでも家にいた。回覧板を持ってとなりの家に行くときも、噂話などせずにほんとに二十秒ぐらいで走って戻ってきた。

母親なりのやり方なんだろう、とぼくは思っていた。

義父は知らんぷりしていた。

ぼくも沈黙は金みたいな感じだった。どうしたらいいかわかんなかったからだけど。

テレビのアンテナは業者の人が直したみたいだった。自分でガムテープとかビニール紐《ひも》で直せるようなものじゃないらしい。

あの夜起こったことのどこまでが本当でどこからがブラックアウトなのか、もはやわからなかった。確かめる勇気もなかった。

ただ、女親ってものは不幸を嫌う生き物だ、ということはなんとなくわかった。今日もがんばってぼくを見張ってくれている。

ぼくの不幸のもとは彼女には見えない、感じられない、匂いも気配もないものなのだけれど、それは仕方ない。彼女はだって、大人なのだ。

なんだか息苦しい。仕方ないけど。

白雪……。

また逢《あ》えるのかな。

白雪……。

もしぼくがこの戦争に生き残ったら、また一緒にどこかに行こう。

そのときはもう帰ってこない。

帰ってきて何者かになったりしない。透明な存在のままどこかに消えてしまおう。誰かを悲しませるとか誰かに迷惑をかけているとか、そんなことは関係なしに。

また一緒にどこかに行こう。今度こそ片道切符だけで。


また一緒にどこかに行こう。

また一緒にどこかに行こう。

Δ

家に帰った途端、急に時間がすごい勢いで流れだした……ような気がしていた。

ぼくたちは受験に向けて願書を出したり勉強のラストスパートをしたりストレスで授業中に胃けいれんを起こして倒れたクラスメートを遠巻きにしたり（『荒ぶる魂！』の男子だった。合掌……）、とにかくその後の数ヶ月は受験中心に過ぎていった。ぼくは、仲のいい女の子が願書を出した私立はやめて、公立の平均的偏差値の共学を選んだ。

年が明ける頃、行方不明だった綾小路麗々子の全裸の腐乱死体がみつかった。ぼくと白雪が最後の夜に駆け抜けた、谷津凪山の学校と反対側の麓《ふもと》近くでのことだった。教室はひとしきりその噂で持ちきりになり、鼠に齧《かじ》られて肉が半分もなくなっていただの、屍蠟《しろう》化していて顔はきれいなままだったの、それぞれの極秘情報を持ちあっては大騒ぎしていた。あのネットワークでも綾小路麗々子のことは語られ続けていた。語られるほど無意味になる、不思議なネットワーク。無意味なことに意味があるのかもしれない。世の中はただでさえ意味のあることであふれているから、それでちょうどいいのかもしれない。

ぼくは、あの白雪と綾小路麗々子が同じ肉体を持っていたとはいえ、綾小路麗々子本人にはなんの感情もなかったので、腐乱死体の話を聞き流していた。ぼくの白雪は無のディラックの海を越えて星間連絡船に乗って遥か彼方の星に還《かえ》ってしまったのだ。腐乱死体なんて抜け殻だ。

そうは言っても、厳粛に行われた綾小路麗々子のお葬式にはなんとなく制服で参列した。同い年だし、友達だったと言えば興味本位の他人とは思われないだろうと思って。祭壇に飾られた写真はなるほど白雪だった。でももっと明るくピカーッと曇りのない笑顔で映っていて、ぼくの知っている白雪とは中身が違う感じがした。

白雪にはほんのりと陰があった。

ばかだけどときどき大人みたいだった。

そこがぼくにはうれしかった。かわいいやつ《宇宙人》だった。

お葬式からの帰り道、ぼくは、本当に白雪とはお別れなんだなと思った。

それから高校受験までの一ヶ月ほど。

ぼくはぼんやりと生きていた。ある日、午前中で授業が終わってたらたらと歩いていると、いつものゲーセンの前で、電脳戦士に会った。

もちろんそれは幻だった。ぼくが還ってきたのとは対照的に、お兄ちゃんはあの事件のあいだにどこかに消えてしまった。家から警察に捜索願が出されていた。

部屋のテレビの上に置かれていたゲームキューブ。その下に置き手紙が残されていたという噂だった。


〈ヴぁたりゃーるが始まります。ケンタウロス第七星系に行ってきます〉


なんのことだかわかる人はいなかった。ぼくもふくめて。ていうかヴぁたりゃーるってなんだろう？　誰かが、スペイン語で〈戦争〉のことだと言った。

ネットワークにおかしな言葉が一瞬流れた。

〈カナ、元気で。またあのゲーセンで会おう。ある日ばったり会おう〉

メッセージはその後、おかしなバグっぽい半角英語や数字でぐちゃぐちゃになっていた。

そしてそれきりお兄ちゃんは消えたのだった。

その日、ゲーセンの前で再会した電脳戦士はおかしな感じで体が半分透けていた。向こうにある格闘ゲームキャラの立て看板が透けて見えていた。ぼくはゆっくりと電脳戦士の幻に近づいた。お兄ちゃんは精悍《せいかん》な顔つきをしていた。見たこともない戦士っぽい服を着て、背中にばかでかくてやっぱり見たこともない形状の武器を背負っていた。へんな形の大斧《おおおの》みたいなの。「それなに？」と聞くとお兄ちゃんは口を開いて答えてくれたけれど、それは白雪が口にしたのと同じ超音波で、さっぱりわからなかった。

ああ、お兄ちゃんは向こう側に行ったんだ。

ぼくは行くほどではなかったんだ。

その差が身に沁《し》みた。

お兄ちゃんは二次元の創作物に生きた、四次元の人なのだ。

ぼくは悲しくて、寂しくて、お兄ちゃんに向かってつぶやいた。

「そばにいてよ……。すごく不安なんだ。家は家じゃないみたいで、家族は家族じゃないみたいで。友達は大好きだけどどこか幻みたいで。ごはんは砂みたいな味で、お菓子だけおいしくて、毎日漠然と不安で、なにもしたくなくて……。そばにいてよ。ねぇ……」

ぼくは聞いた。

「うぁたりゃーるってなに？」

電脳戦士はにこっと笑った。

それからゲーセンの前にある、モニターを指差した。

ゲーム『シンジケート』のプレイ画面があった。ポリゴンキャラがぽこぽこ動いていた。モニターの中にお兄ちゃんがいた。へんな斧みたいなのを振り回していて、緑色のぐにょぐにょの宇宙人を倒していた。

ぼくは振り向いて、

「これのこと？」

――電脳戦士はいなかった。


それがお兄ちゃんとの別れで、それきりお兄ちゃんはこの町に帰ってきていない。交番の前に貼られた行方不明者のポスターの中で、伏し目がちな優しい顔がいつもこちらを見ている。雨風に晒《さら》されて色を悪くしていく。ある日ぼくはそれを盗んで家に持って帰って引き出しの奥に隠した。お兄ちゃんとぼくの話は、これで終わりだ。

Θ

やがて高校受験の日が近づいてきた。ぼくは緊張して辛《つら》くていやで前の夜は一睡もできず、フラフラと受験会場に行ったあげく、キリキリと腹痛を起こして試験中に倒れた。いつだったか教室で胃けいれんを起こした『荒ぶる魂！』の男子を笑ったことを、心から済まないと思ったけど、遅かった。よその学校から受験にきた知らない女の子が、自分の受験をほっぽらかしてぼくを助け起こしてくれた。あぁ、合格したらこの子と友達になりたいなぁ、と思った。倒れたぼくはやってきたその高校の保健医らしきおばさんに、あの渋谷署の廊下でヤワラの人に怒鳴られたときみたいに、頭ごなしに怒られた。

「シャキッとしろ！　ちゃっちゃと書け！　終わったら保健室こい。座って。甘えるな！」

　ひ、ひどい……。

　ほんとにお腹が痛いのに……。

　保健医のおばさんはぼくの顔を一目見るなり、こいつのことはよーくわかったというようにうなずいて、そうハッパをかけたのだった。試験官があわててなにか言うと、おばさんは思い切り乱暴に、

「甘え病です。厳しく、厳しく！」

「……ひどい」

　小声で言うと、

「ひどくない！　座れ！　書け！　合格したいだろう！」

　この人はヤワラの人と血がつながってるんじゃないだろうかとぼくは疑った。フラフラと机に座って震える手で書いた。おばさんはしばらくとなりに立ってぼくを「書け！　腹痛は忘れろ！　忘れたら痛くない！」と無茶な精神論をぶった。最後は試験官の痩《や》せ細ったおじさんに、ほかの生徒の邪魔になるからと追いだされていった。おばさんは振り向いて、ぼくに、

「合格しても保健室の常連になるなよ！　覚悟しろ！」

脅しの文句みたいなのを吐いてドスドス足音を立てて廊下を去っていった。後で聞くと、あの人は女子空手部の顧問だということだった。ぼくは合格しても絶対に空手部には入るまい、と思った。そうじゃなくてもとても入りそうにないけど。

三日後、合格発表の日。ぼくはまたお腹が痛くて布団をかぶってふて寝していた。義父が車で高校まで行き、発表を見てきてくれた。やがて車が家の車庫に戻ってきた音を、ぼくは布団の中で震えながら聞いていた。エンジンが切られ、バタンとドアが開いて義父が出てくる。耳だけびくびくとそれを聞いていた。

急に窓の外で義父が叫んだ。

「カナ！　合格してたぞ!!」

……ほんとに？

ぼくは布団から飛びだした。窓に走り寄ってガラッと開けて車庫を見下ろした。義父が両手を振っていた。また柿の匂いがした。それは仕方ない。ぼくは窓枠から上半身を出して、ホッとしたような笑顔を浮かべているこの血のつながらない男の人、義父を見下ろした。

ちょっと迷った。

でも、言うことにした。絞り出すように声が出た。

「おとうさん、ありがと……」

義父は一瞬ぼうっとした。表情が消えたのだ。

それからゆっくりと笑顔になった。うなずいている。

ぼくはこのとき初めて、自分から義父に声をかけたのだった。そして話しかけられたから返事をする以上のことを言ったのだった。

ぼくが嫁に行くときの心配までしていた義父のことを思った。

いろんなことは相変わらずむずかしかった。義父からは相変わらず苦手な匂いがしていたし、高校もちょっとこわかったし、ぼくはどうしようもなくグズだった。だけど一瞬……この一瞬だけ、ぼくも、それから多分義父も、答えをみつけたように思った。

ぼくは母親に「ごめん」と言った。それから義父に「ありがとう」と言った。

それがあの家出というか放浪の、最後だった。

だけどいろんなことは相変わらずむずかしかったんだ。

E

三年間通った中学の卒業式の日。義父の車に、家族三人で乗って出かけた。車内は柿の匂いが満ちていて閉口したけど、ぼくはなにも言わなかった。卒業式はつつがなく終わり、友達が泣くので困ったり、同じ高校に行く子と四月からのことを話したり。

　気がつくと男子の第二ボタンをもらうみたいな儀式がほんとに起こり始めていた。ぼくはびっくりして辺りを見回した。しおらしくかなしげな女の子たち。同じクラスにいたのに、こんなにもみんながいろんな男の子を好きになったりしていたなんて、ぼくはまったく気づいていなかった。

　ぼくは周りの子のことをぜんぜん知らなかったのだ。

　そのことが少しショックだった。ぼくって、もしかしてばかですか？


　無人になった教室で一人ぼんやりしていたら、クラスメートの男子が一人入ってきた。名前、なんだったたっけ？　サッカー部のキャプテンの子で、後輩の女の子が教室に訪ねてきたりとかけっこう華やかだった男子だ。見ると制服のボタンは全部なくなって、上着がはだけていた。中におもしろいTシャツを着ていた。とあるゲームの初回限定版に入ってるやつだ。

　その男子はぼくを見てびっくりした顔をしたけれど、どすどす教室に入ってきて、ぼくのとなりに座った。

「……よぉ」

「すごいね、ボタン」

「ははは」

男子は余裕で笑った。まるで大人みたいだったので、ぼくは少し気後れした。そう言うと男子は驚いたように目を見開いた。それから遠慮がちにぼくに聞いた。

「でも、おまえは、巣籠？」

「おまえはって、なにが？」

「いや……巣籠、去年、家出したじゃん」

「げっ、知ってるの？」

「みんな知ってるよー。聞かないけど」

ぼくは首をかしげた。

窓の外で桜がはらはらと散った。時は過ぎゆくのだ。

「どうして聞かないの？」

「さぁな。受験だし……面倒なことに係《かか》わりたくないとか、人の不安に巻きこまれたくないとか？」

「つめたー！」

「まぁなー。でもさ、噂はけっこう」

「どんな？」

「あのさ……」

男子はもぞもぞした。愛の話題になったときの千晴とそっくりだった。

「家出しているあいだ、男と一緒だったって、ほんと？」

「いや、ぼくは……」

笑いだしそうになって、とつぜん咳《せ》きこんだ。押さえていた白雪の思い出がドッと押し寄せてきた。とつぜん黙り込んで悲しそうな顔になったぼくに、男子は両手をばたばたさせてあわてた。

「ぼくは……女の子といたんだ」

「な、なんだ」

「女の子と一緒に、逃げたんだ……」

桜がはらはらと散る。

時は過ぎゆく。

この学校にも、もうこない。二度とこない。谷津凪山ともお別れだ。不満だらけだったけれど。友達はいたけれど。好きな男子とかはいなかったけれど。桜がどんどん散る。

時は過ぎゆく。

男子が上着のポケットに手を入れてごそごそとなにかを探した。ハンカチらしきくしゃくしゃの布をみつけるとホッとしたようにぼくに差しだしてきた。優しいやつだな、とぼくは気づいて、顔がかっこいいとかサッカー部のキャプテンとかだけじゃなくて、そういうやつだからモテるのかなぁとふと思った。ずっと同じクラスだったのに、別れ際にしかそれに気づかない自分が、傷つきやすいくせに鈍感で、どうしようもなくだめな女の子に思えた。

くしゃくしゃのハンカチらしき物体を受け取ったとたん、泣いていいよと言われたみたいに、ドッと涙が出た。

窓の外では風が吹き、桜の花びらがおそろしい勢いで散っていった。

どんどん散っていった。

Z

そしてそのまま時は過ぎた。

ぼくは高校生になり、都会で報道されるような少女娼婦《しょうふ》とはぼく自身も友達もぜんぜん別の生き物みたいに相変わらずのんきなダラダラした感じで生きた。気づいたら女子空手部のマネージャーになっていた。いつもやめたかったけれどもいつも言いそこねて、結局、三年の春に引退するまで続けてしまった。なにしてたんだろう、ぼく。

日々はもちろん不安だった。ぼくは十六歳、十七歳と歳を取っても、相変わらず同じ生き物だったのだ。

弱くて、傷つきやすくて、プライドだけ高くて、そのくせ人の気持ちには絶望的に鈍感な、
そんなだめな生き物だ。突破口はみつからなかった。相変わらず自分が嫌いだった。そ

ういうものなのかもしれない。

白雪……なのか、綾小路麗々子なのか。半透明の姿をして戦士のような服を着た少女が、あの町にはときどき出没した。人気のない国道沿いの歩道。放課後の校舎。小さな本屋の片隅。ゲーセンの奥の薄暗がり。朝靄《あさもや》にけぶる歩道橋の上。

十七歳ぐらいまでは、部活の帰りとか朝練に行く途中、ときどき白雪の幻とすれちがった。少しずつ頻度が減り、それにつれぼくは寂しくなった。

そしてぼくは十八歳で町を離れた。腹痛とともに短大を受験して、進学したのだ。

それ以来、白雪には逢《あ》っていない。

誰か別の子が逢っているかもしれない。白雪を必要とするべつの中学生が。


意外なことに、火器戦士、千晴とはそれからもずっと付き合いが続いていた。あの家出から、家に帰ってからも。高校生になってからも。不思議なことに、直接顔を合わせていたときよりも、東京と××県にわかれて、電話やメールで学校のことを伝えあったりしているときのほうが、ぼくと千晴は気があった。友達ともしないような深くて暗くてそのくせだめな話を、千晴によくした。ぼくは千晴の前では正直だった。おかしなことに。

短大生になってぼくが東京に住むようになると、ときどきは顔を合わせるようになった。千晴にはまだ〝世界の色が変わるような〟女の子との出会いは訪れていないみたいだった。あれは十年計画だったから、まだまだ先があるらしい。よくわかんないけど。

千晴とときどき、白雪の話をする。

あの冬休み前の冒険《放浪》の話を。

ぼくたちは話し続ける。話は尽きない。あの、思春期としかいいようのない時間にいた自分たちのことを、忘れないために。

千晴とぼくは互いの安全装置なのだ。うまく言えないけど、そういうことだ。

H

あのドールはまだ持ってる。

かつてぼくがぼくだった唯一の証だからだ。

ファミ通文庫版あとがき

みなさん、こんにちは。桜庭一樹です。『推定少女』をお送りします。よろしくです。

十五歳のころのわたしの口ぐせは「できれば、あんまりがんばりたくないなぁ……」でした。ある日、お茶の間でそんなことをぼやいていたら通りかかった母に聞きとがめられ、帰宅した父に「ちょっとお父さん、聞いて下さいよ。この子ったらね……」「なんだと？こら○○○（↑本名）ちょっとここに座れ。人間というものはなぁ……」

どうやら大人の理屈では、ものすごーくがんばって生き続けることは人間として生まれた生き物の義務で、絶え間なく努力し、いつか一角《ひとかど》の人物になることで生まれてきたことに恩返しし、人間的にも成長し、人に優しくなってなおかつ、いつか完全な人間になることを目指してさらにどんどん努力するってそんな馬鹿な!!　あり得ない！　だって疲れるじゃん。そんなことしたら途中で衰弱して死んじゃうよ。ぜったい死ぬ。

そんな立派すぎる正論よりも、当時のわたしが好きだったのはたとえば寺山修司とかの迷言、ほらあの人間は〈不完全な死体として生まれ／何十年かゝって／完全な死体となる〉とかのほうが、不良のおじちゃんのタワゴトとはいえずっと〝いい感じ〟でした。このおじちゃんはまた、やたら家出を薦める不良の中年で、読んでるうちにわたしはまんまと、家出少女志願になっててました。でも、どこに逃げてどうしたらいいかぜんぜんわかんなかったけど。

あのころ、十五歳だったころ、いろんな重圧があってきゅうきゅうきゅう！でした。だけど本を読んだり、友達と寄り道したりしているときは、ほわ〜んとしてて、なんだか……不思議な、不安な、きれいな時間でした。

いっつも悩んでました。わたしはこれからどうなっちゃうんだろう？　大人になってなんか職業に就いたりあと恋愛とかしたり、うわピンとこない、それもうわたしじゃなくて別の生き物、宇宙人に連れ去られて帰ってきた人みたいにどっかちがう存在、いまのわたしはこのまま永遠にこの時間を彷徨《さまよ》ってあーだこーだ悩み続けちゃいそう、こわっ……とか、ぐるぐる考えていました。ぐるぐる、ぐるぐる。お菓子食べたり本読んだり友達とおしゃべりしたりしながらも、じつはずっと、ぐるぐる、ぐるぐる。

「俺は心の荒《すさ》んだ人間でした。いつも怒りを抱えて、愛情に飢《う》えていた。誰もいないと思ってたし、生きていても死んでてもどうでも良かった」

——北村龍平『MAN ON FIRE』

最近、おかしな若手映画監督の自伝を読んでたらこんな件《くだり》があって、あぁ、あのころの男子ってもしかしてこういう感じなのかもー、と思いました。男の子の焦燥感はわたしとかのよりずっとずっと激しかった気がする。女の子のそれはもっと全然とらえどころがなくて、怒りとも、焦りとも、希望ともつかない、パステルカラーなホラーの時間にどっぷりいたような気がします。ぐるぐる、ぐるぐる。友達とお茶、楽しい〜。また、ぐるぐる、ぐるぐる。かわいいお菓子発見、うれしい〜。だけどまたぐるぐる、ぐるぐる。おもしろい小説発見〜。だけど読み終わったらまた、ぐるぐる……。

って、こんな感じ。

そういう気分を書いてみました。『推定少女』。いままさにそんな時間にいるぐるぐるの女の子にも、もっと劇画調のホラーのただ中にいる男の子にも、楽しく読んでほしいなぁ、と思っています。またどこかでお会いしましょうね。桜庭でした。

桜庭一樹

あとがき

『推定少女』は、二〇〇四年九月にファミ通文庫から刊行された作品です。それを、二〇〇八年一〇月である、今、角川文庫から再刊しました。

この作品は、執筆後、編集部のデスクより「ハッピーエンドに変えてほしい」とお話があり、刊行までの一年の間に、エンディング部分を二度、書き換えました。ファミ通文庫版では「Ending II 戦場」にあたるものが使われています。

今回の再刊にあたって、迷いましたが、ボツになった二つのエンディングも収録してゲームのマルチ・エンディングのようにしてはどうかと考えました。

「Ending I 放浪」が最初に書いたものです。

「Ending III 安全装置」がハッピーエンドに書き換えたものです。

「Ending II 戦場」が、短くとのことでさらに書き換えたものです。

わたしは、ある種のATG映画のようなざらざらした曖昧《あいまい》なバッドエンドを目指してこの物語を書き始めました。矢がそれを射貫《いぬ》き、少女は二度と日常にもどれない、そういうお話。要請は「少女が家に帰りすべてが丸く収まるように」というものだったため、暴力は幻になり、少女の身代わりに電脳戦士が旅立つことになりました。だけど、その結果として存在する三つのエンディングが自分の中で混在し始めていて、いまでは三つあって初めてこの物語の幕が無事に下りるような気がしています。

本書の刊行に当たって、二〇〇三年から〇四年、エンターブレインの担当編集だった森丘めぐみさんに、大変、お世話になりました。ずっと励まして支えてくれた方で、これが彼女との最後のお仕事になりました。ありがとうございました。それから、再刊にあたって、〇八年、角川書店の担当編集、金子亜規子さんにご尽力いただきました。複雑怪奇なエンディングのゲラと大格闘していただきました。ありがとう。

なにより、昔の版を買ってくれていた読者の方。それからこの新しい版で出逢《であ》えるはずの、未来の読者の方に。

——あなたが、楽しんで読んでくれたなら、と、わたしはいつも祈る気持ちでいます。

桜庭一樹

解説

高野和明（作家）

書店で何気なく手に取った一冊の文庫本、『少女には向かない職業』が、桜庭一樹さんの作品との出会いだった。ひとたび読み始めるや、ページの中から著者の両腕が伸びて胸倉を摑《つか》まれ、そのまま本の中に引きずり込まれたかのような驚愕《きょうがく》の読書体験となった。

翌日、頭の整理もつかないまま放心状態で再び書店に向かい、『砂糖菓子の弾丸は撃ちぬけない』を買って読んでみた。この二連発は効いた。KOパンチを浴びてマットに崩れ落ちている最中に、さらにメガトン級のパンチを食らった気分だった。「ああ、これが小説だ」と思った。

翌々日、這々《ほうほう》の体で手にしたのが、ファミ通文庫から出されていた本書『推定少女』である。裏表紙の紹介文には、「全裸の少女」「UFO」「火器戦士」などの文句が並んでいた。なんだ、少年少女向きのSF小説か、これなら気楽に読めるのではないか、と考えたのが大きな間違いだった。四十路《よそじ》を過ぎた男の魂は、忘却の彼方《かなた》にあったはずの十代の頃へと投げ飛ばされ、二人の主人公とともに迷い、苛立《いらだ》ち、怯《ひる》み、楽しみ、悲しみ、つまりは思春期の目眩《めくるめ》く螺旋《らせん》を追体験し、大冒険を終えて本を閉じ――そして完全にマットに沈んだのだった。
『砂糖菓子の弾丸は撃ちぬけない』への絶賛の声に隠れてしまった感があるが、ほぼ同時期に書かれた『推定少女』は、『砂糖菓子』と対をなす傑作だ。しかも今回の角川文庫版は、三つの異なる結末が収録される豪華版となっている。

本文を読む前にこの解説に目を通す読者もいるだろうから、それぞれのエンディングについては触れにくいのだが、一番短いものが最も衝撃が強く、一番長いバージョンが穏やかな着地を見せ、そしてファミ通文庫版が直截《ちょくせつ》に心揺さぶられるものになっている。「白雪」という存在も、物語の中での役割は一貫しているものの、結末によって微妙に姿を変えているのが興味深い。

意外なことに、異なるエンディングが三つ並んだことで、物語そのものの輪郭がぼやけるどころか、逆にはっきりしたようにも思える。たとえば、結末の変化に伴い、主人公に代わって戦い続けることになった電脳戦士は、たぶん大人になれなかったのだろう。思春期というものが持つ、残酷な側面だ（と私は読んだ）。

『推定少女』に限らず、桜庭作品全般の魅力について考えると、真っ先に思い浮かぶのが、アルフレッド・ヒッチコックが語った映画作りの秘訣《ひけつ》――「スクリーンをエモーションで埋めつくせ」である。

「エモーション」とは、作品が観客の心の中に喚起するあらゆる感情を指す。つまりヒッチコックは、映画を作るなら全編にわたって観客の心を揺さぶり続けろと言っているのだ。しかし、「エモーションで埋めつくす」のがどれだけ困難かは、作り手の側に立てばすぐに分かる。たとえば小説を書く場合、すべてのページで読者の心を動かすなど不可能に近い。ところが、桜庭さんはそれをやってしまうのだ。

どの場面にも、あふれんばかりの豊かな感情がある。読者はキャラクターに共感し、彼女たちの一挙手一投足に惹《ひ》きつけられているうちに、物語を読んでいるのではなく、実際に体験しているかのような錯覚に陥ってしまう。

この離れ業を支えているのが、圧倒的な描写力だ。キャラクターの心情について、説明が先走ることはなく、必ず描写がある。登場人物がどうしてそんな気持ちになったのかが、出来事を通して語られる。それも、見たままを引き写すような説明調の文章ではなく、読者をその場に放り込むような小説的表現によって、である。

こうして準備万端整った上で、キャラクターたちは遠慮会釈なしに突拍子もない行動に出る。

桜庭作品に出て来る人たちは、家出の最中に桃鉄をやろうとしたり、ミネラルウォーターをごくごく飲んだり、友達と二人で『イマジン』を歌ったり、流氷から跳んでみたりもするが、そのどれもが不思議なリアリティを感じさせる。おそらくキャラクターが作り物でなく、生身の人間としての命を持たされているからだろう。

この、いわゆる「キャラを立てる」ことについて、桜庭さんは水際だった鮮やかさを見せる。本書の冒頭でも、地方都市の片隅にある夜の繁華街を、「ほんとの夜を持った街角」と表現させることで、語り手である主人公の人となりが瞬時に伝わってくる。そして読者は、巣籠カナという少女の息遣いをすぐそこに聞きながら、一緒になって冒険に乗り出していくのだ。

『私の男』での直木賞受賞を記念して行われた対談の席で、選考委員を務めた浅田次郎氏が、「桜庭さんの肩の上に小説の神様を見た」旨を語っている（『オール讀物』二〇〇八年三月号）。残念ながら凡人には、小説の神様を直接見ることはできないが、作品の中にその姿を読み取ることはできる。

桜庭さんの作品を読んでいると、何の変哲もない一文が、読んでいるこちらの頭の中に情景なり感情なりを生き生きと描き出してしまうのに驚かされてしまう。本書をすでに読まれた方なら、その例をいくらでも挙げられることだろう。今、試しにページを開いてみれば、「白雪がうれしそうに太鼓を叩き始めた。」という一文を目にして、私の頭には長い髪を揺らしながら喜色満面でゲームセンターの太鼓を叩く少女の姿がありありと思い浮かぶ。なぜなのかは分からない。もちろん神の御業《みわざ》などではなく、作者の力量によるものなのだが。

しかもこうしたディテールの一つ一つが、本を読み終わった後になって、まるで自分自身の思い出を反芻《はんすう》するかのように、なにがしかの感情を伴って蘇《よみがえ》ってくる。最後のページを閉じても物語から離れられない、そんな不思議な力を感じるのである。

何の変哲もないと言えば、桜庭作品に書かれている日本語は、総じて何の変哲もない。辞書を引かなければ分からないような単語は見当たらないし、変に凝ったレトリックなども一切ない。簡潔を通り越して潔癖ですらある。内容に即して文体は自在に書き分けられているものの、平易な語彙《ごい》、無駄のないリズミカルな文章といった特徴は、すべての作品に当てはまる。それでいて、「目には見えず、言葉で指摘することもできないが、確かにあるもの」「我々が薄々その存在に気づいていながら正体を摑めない何か」について明晰《めいせき》に語り尽くしてしまう。物語の中で語られる特殊な事象や特異なキャラクターが、実は普遍的なものだったと読者は突然に気づかされるのだ。

桜庭作品に出会うまで、小説というものにそんな機能が具《そな》わっているとは知らなかった。あるいはこれは、桜庭さんが自らの手で摑み取った小説の神髄なのかもしれない。真理、という言葉は青くて使いづらいのだが、桜庭さんの書く小説には真理が含まれていると思う。

本書でも、誰もが経験する思春期について、あの、敵が何かも分からないまま闇雲に戦わざるを得なかった時期について、後になって振り返れば夢落ちのようにも思える波瀾《はらん》万丈の冒険とその終焉《しゅうえん》について、あますところなく描かれている。真っ白な自分の分身との別離を迫られて、いつの間にかみんな大人になるのだろう。

五年後、十年後も、私はこの本を読み返すような気がする。
『推定少女』という小説は、遠い過去に自分が十代の少年だったことの証となった。

この作品は2004年9月、ファミ通文庫より
刊行されたものに加筆しています。

推定少女《すいていしょうじょ》

桜庭一樹《さくらばかずき》

平成20年 10月25日　初版発行
平成26年 6月30日　8版発行

発行者●山下直久

発行所●株式会社KADOKAWA
〒102-8177　東京都千代田区富士見2-13-3
電話　03-3238-8521（営業）
http://www.kadokawa.co.jp/

編集●角川書店
〒102-8078　東京都千代田区富士見1-8-19
電話　03-3238-8555（編集部）

角川文庫 15376

印刷所●株式会社暁印刷　製本所●本間製本株式会社

表紙画●和田三造

ISBN978-4-04-428103-8　C0193

角川文庫発刊に際して

角川源義

第二次世界大戦の敗北は、軍事力の敗北であった以上に、私たちの若い文化力の敗退であった。私たちの文化が戦争に対して如何に無力であり、単なるあだ花に過ぎなかったかを、私たちは身を以て体験し痛感した。西洋近代文化の摂取にとって、明治以後八十年の歳月は決して短かすぎたとは言えない。にもかかわらず、近代文化の伝統を確立し、自由な批判と柔軟な良識に富む文化層として自らを形成することに私たちは失敗して来た。そしてこれは、各層への文化の普及滲透を任務とする出版人の責任でもあった。

一九四五年以来、私たちは再び振出しに戻り、第一歩から踏み出すことを余儀なくされた。これは大きな不幸ではあるが、反面、これまでの混沌・未熟・歪曲の中にあった我が国の文化に秩序と確たる基礎を齎らすためには絶好の機会でもある。角川書店は、このような祖国の文化的危機にあたり、微力をも顧みず再建の礎石たるべき抱負と決意とをもって出発したが、ここに創立以来の念願を果すべく角川文庫を発刊する。これまで刊行されたあらゆる全集叢書文庫類の長所と短所とを検討し、古今東西の不朽の典籍を、良心的編集のもとに、廉価に、そして書架にふさわしい美本として、多くのひとびとに提供しようとする。しかし私たちは徒らに百科全書的な知識のジレッタントを作ることを目的とせず、あくまで祖国の文化に秩序と再建への道を示し、この文庫を角川書店の栄ある事業として、今後永久に継続発展せしめ、学芸と教養との殿堂として大成せんことを期したい。多くの読書子の愛情ある忠言と支持とによって、この希望と抱負とを完遂せしめられんことを願う。

一九四九年五月三日

角川文庫ベストセラー

赤×ピンク　桜庭一樹
廃校になった小学校で、夜毎繰り広げられるガールファイト——都会の異空間に迷い込んだ少女たちの冒険と恋を描く、熱くキュートな青春小説。

砂糖菓子の弾丸は撃ちぬけない
A Lollypop or A Bullet　桜庭一樹
好きって絶望だよね、と彼女は言った——嘘つきで残酷で、でも憎めない友人・藻屑を探して、なぎさは山を上がってゆく。そこで見たものは…？

少女七竈と七人の可愛そうな大人　桜庭一樹
純情と憤怒の美少女、川村七竈。何かと絡んでくる、かわいくて、かわいそうな大人たち。雪の街旭川を舞台に、七竈のせつない冒険がはじまる。

GOSICK
—ゴシック—　桜庭一樹
図書館塔に幽閉された金色の美少女が、怪事件を一刀両断……架空のヨーロッパを舞台におくる、キュートでダークなミステリ・シリーズ開幕!!

GOSICKⅡ
—ゴシック・その罪は名もなき—　桜庭一樹
学園を抜けだし〝灰色狼の村〟にやってきたヴィクトリカと一弥。やがて起こる惨劇が過去への不吉な扉を開く——ふたりの絆が試される第2巻!!

GOSICKⅢ
—ゴシック・青い薔薇の下で—　桜庭一樹
首都の巨大高級デパートで〝人間消失〟!?——事件に巻き込まれた一弥は、風邪で寝込んでいるヴィクトリカに電話で助けを求めるが……。

GOSICKⅣ
—ゴシック・愚者を代弁せよ—　桜庭一樹
かつて王国に君臨した偉大なる錬金術師「リヴァイアサン」から時を超えて届いた挑戦状——ヴィクトリカの推理が冴え渡る、刮目の第4巻!!

角川文庫ベストセラー

GOSICKs
―ゴシックエス・春来たる死神―
桜庭一樹
留学生の久城一弥に殺人の疑いが……。気まぐれな救いの手をさしのべたのは、謎の少女・ヴィクトリカ。世界を変える出会いを描く外伝短編集。

ミスティー・レイン
柴田よしき
失恋をした茉莉緒は若手俳優・雨森海に出会い、芸能プロに再就職するが、海の周囲で次々と事件が…。ひたむきな女性を活写した恋愛ミステリ。

聖なる黒夜（上）（下）
柴田よしき
聖なる日の夜に、一体何が起こったのか。刑事・麻生と気弱な美青年・山内の運命の歯車はいつ狂ってしまったのか。人間の原罪を問うた傑作長編。

冬の巡礼
志水辰夫
一度かぎりの過ち。数え切れない哀しみ。立ちこめる雪煙の中、男は背いてきた人生と対峙した。叙情小説ここに極まれり。志水辰夫の名品。

疾走（上）
重松清
孤独、祈り、暴力、セックス、聖書、殺人――。十五歳の少年が背負った苛烈な運命を描いて、各紙誌で絶賛された衝撃作、堂々の文庫化！

疾走（下）
重松清
人とつながりたい――。ただそれだけを胸に煉獄の道を駆け抜けた一人の少年。感動のクライマックスが待ち受ける現代の黙示録、ついに完結！

犬の力（上）（下）
ドン・ウィンズロウ
東江一紀＝訳
DEA捜査官、南米麻薬カルテルの一味、殺し屋、そして高級娼婦。彼らが織りなす血塗られた抗争を圧倒的な迫力で描く復讐と裏切りのサーガ。